云边赶鹿诗笺

赵渚敏 著

图书在版编目(CIP)数据

云边赶鹿诗笺 /赵渚敏著.－福州:海峡文艺出版社,2024.6
ISBN 978-7-5550-3738-5

Ⅰ.①云… Ⅱ.①赵… Ⅲ.①诗歌－作品集－中国－当代 Ⅳ.①I227

中国国家版本馆 CIP 数据核字(2024)第 103386 号

云边赶鹿诗笺

赵渚敏　著
出 版 人　林　滨
责任编辑　余明建
出版发行　海峡文艺出版社
经　　销　福建新华发行(集团)有限责任公司
社　　址　福州市东水路 76 号 14 层
发 行 部　0591—87536797
印　　刷　福建东南彩色印刷有限公司
厂　　址　福州市金山浦上工业区冠浦路 144 号
开　　本　720 毫米×1010 毫米　1/16
字　　数　120 千字
印　　张　21
版　　次　2024 年 6 月第 1 版
印　　次　2024 年 6 月第 1 次印刷
书　　号　ISBN 978-7-5550-3738-5
定　　价　68.00 元

如发现印装质量问题,请寄承印厂调换

自 序

唐诗宋词元曲早已深入人心，从李（白）杜（甫）的光辉，到苏（轼）辛（弃疾）的奔放豪迈汪洋恣肆，再到马致远的"枯藤老树昏鸦，小桥流水人家"的玲珑剔透，如今的人们，谁又不能信口吟诵几句。

现代人写诗填词于我身边很多朋友看来多少有点不合时宜。不过我觉得这不是什么需要讳言的问题。我们的每一种文学艺术形式都记载了中华文化的历史，刻上了中华民族的印记。唐诗宋词辉煌过后，如今也还有一个传承和发展的问题。

认为古典诗词已经无法超越，今人再怎么写也是枉然的人，其中相当一部分人是觉得古人已写遍了所有题材，产生了无数经典，现代人自然无法比拟。这部分人可能是并未意识到事物的发展如生命一样具有周而复始的规律。正如格律诗在古风的基础上产生并发展，词又在古风和格律诗的基础上产生和发展，每一种文学艺术的产生和发展都是顺应了时代的要求。白话文的兴起产生了今天的现代诗和小说散文等，淘汰了过去繁复的骈文八股文等等文学样式。流行音乐的兴起对新兴歌词的需求，繁荣了歌词的创作，使过去用来吟唱的格律诗词等处于今天尴尬的地位。但无论从何种角度来看，古典诗词的生命力一直还在。可以说，只要中华民族的方块字还在，不管世风如何改变，

人们的生活习惯如何更加简化，传统文化如何被健忘，古典诗词的光辉也不会被湮没。事实上也是如此，每一种文艺形式的产生都毫不例外地因有大文豪的积极参与而发展而辉煌，如诗有李杜等人，如词有柳永苏轼辛弃疾等人，现代流行音乐也靠很多优秀的创作人、歌星而一浪比一浪高。

古典诗分为两种：

一种是古风，也叫古体诗，诗本身和句子字数无一定要求，可长可短，无平仄的要求，但有韵脚的要求，其中韵脚可以是平声，也可以是仄声。这一点在中华民族最早的诗集《诗经》中已有体现，如大家熟悉的"关关雎鸠，在河之洲。窈窕淑女，君子好逑"。古风可以一韵到底。如杜甫的《饮中八仙歌》、李白的《蜀道难》等；也可以有规律地换韵，如李白的《将进酒》、白居易的《琵琶行》、张若虚的《春江花月夜》等。

另一种是格律诗，也称近体诗，这是相对于古风（古体诗）而言的，因为先有古风后有格律诗。格律诗分七律、七绝、五律和五绝。格律诗有严格的要求，七律和七绝为七字一句，五律和五绝为五字一句，必须一韵到底，并且必须押平声韵，七律和五律还必须为八句，分别为56字和40字，必须有对仗，七绝和五绝分别为四句28字和20字。除此之外，还有平仄的要求，等等。这也是让很多人将格律诗创作视作畏途的所在，但也正因有此门槛，使很多人将格律诗视作诗的最高境界，并乐此不疲。如杜甫的《登高》，即被视为唐诗登峰造极之作。

至于词，据《中华词律》一书作者谢映先生所述：词，源于古乐府，发轫于南北朝，奠基于隋、唐而极盛于宋。到元明时期，词几乎被戏剧、散曲和章回说部取代，一直到清，词重新中兴，涌现了很多新词牌。同样据《中华词律》记载，词牌数量已达1400多个，如果包括变格计有3600多个。常见的词牌有长相思、浣溪沙、鹧鸪天、蝶恋花、临江仙、西江月、一剪梅、念奴娇、沁园春、望海潮、渔家傲等。

词既有古风的换韵，包括平仄韵脚的变化，又有格律诗的平仄和对仗，既有古风的字数变化，又有格律诗的固定、端庄和稳健；词的形式变化多端，内涵意味深长，词可长可短，调可叹可咏。可情艳如柳永，可豪放如苏东坡，可奔放如辛弃疾，可悲叹如李煜，可清丽如李清照。集天地之灵气，日月之精华，是伟岸奇丽的中华文化的独特产物。和格律诗一样，今天的我们没有理由遗忘和诋毁，只有传承和发扬的责任和期许。

诗词是悠久的中华文化的灵魂，不管你承认与否，喜欢与否，她一直在我们身边。有道是"离离原上草，一岁一枯荣。野火烧不尽，春风吹又生"。每一种艺术的兴替存亡有一定的规律，但只要它的根还在，总会有焕发生命活力的时候。现在随着新媒体的出现，诗词的创作和发表呈井喷之势。百花齐放，百家争鸣，新时代是我们重新凝聚诗词力量的时候了。如果我们每一个热爱古典诗词的人都不吝微芒，那古典诗词复兴的那一天终将出现。今将平日所记付梓，除了自我怡情，还为了繁荣和传承中华优秀传统文化作一点探索。乞望读者朋友指正，如蒙不弃，那我无边的喜悦尽在不言中。

2023年12月15日整理改毕于苏州

云边赶鹿诗笺

目　录

卷一　戊戌岁月（2018）　/ 1

卷二　己亥光华（2019）　/ 53

卷三　庚子风云（2020）　/ 83

卷四　辛丑曙光（2021）　/ 157

卷五　壬寅逝梦（2022）　/ 233

卷六　癸卯花开（2023）　/ 307

卷一

戊戌岁月

1. 七律　自题

何须掺假比清风，心海连天自不空。
笔卷波澜笑冰冷，鬓生霜雪哭人穷。
江湖远路愁言少，岁月行程喜酒浓。
知客有才嫌我老，虽无点墨也从容。

2. 水调歌头　冬湖畔

柳岸萦风醒，遗梦下渔舟。
晓来霜月，如多思绪绕芦洲。
寒自孤怜吹远，霞自重来飘醉，紫气在高丘。
鸥鹭青天外，云影送清流。

望云阁，追往昔，念难收。
白云如练，天碧涧静日悠悠。
挥去尘间烦恼，相挽人间风景，谈笑任回眸。
不是旧山水，胜过画中楼。

3. 七律　新春夜

春心每念在东风，万里徘徊诉不穷。
金凤丹花言旧识，清风白鹭笑新同。

颂霞一曲连天外,敬酒三巡戏浪中。
杜宇声声魂暗去,旗楼小饮更情浓。

4. 迎春二首

一　湖畔
野阔水茫茫,天空任鸟藏。
远帆争逐浪,盛世满晴光。

二　春晨
夜梦梨花春醒早,闲居老客读书忙。
惊风吹月湖心落,喜在枝头有海棠。

5. 七律　寒风又起

寒风吹起一湖花,白鹭惊飞何处家。
山隐春光少颜色,水流莺舞自清华。
新蕾待雨连阡陌,古寺鸣钟隔薄纱。
莫道黄鸡唱晨早,斜阳路上柳依霞。

6. 七律　家祭

微风摇影烛花红,为到新春祭祖宗。
水困无波几宵静,梅残有韵一枝浓。

寄心云上观沧海,放眼天边唱宇穹。
酹酒杯杯自无语,如今岁月告先翁。

7. 七律　喜迎戊戌除夕

晴色和风一了尘,日光新暖万家春。
斜云微抹清波漾,夙愿轻随绿水皴。
望远相思追落日,迎霞暗度送黄昏。
星光不倦裁花影,更有神仙夜叩门。

8. 沁园春　昆山

昆曲华光,千古溪坛,万古芳。
此亭林故地,天高水阔;白云过雁,烟荡茫茫。
画舫徐歌,清风拂面,妩媚花开分外香。
青山静,更小桥流水,岸柳成行。

霞飞别苑斜阳,有浣翠娇娘待棹郎。
照三更明月,渔灯伴夜;红荷百里,紫燕双双。
故垒西边,车流不息,代代雄风慨慷。
人难睡,数风光无限,玉出昆岗。

注:顾炎武曾居亭林镇,人称亭林先生。

9. 忆访玉门关

大漠孤尘一骑裁，玉门城断透迤开。
雄关铁马峥嵘在，霜月冰花入梦来。

10. 七律　梦回敦煌

昨夜无端梦湿襟，乘云大漠舞黄昏。
霞光烁动西关路，纤指萦回佛国音。
金雀漫生琴丽质，霓裳惊破羽藏心。
反弹一曲飞天去，此地空余万户魂。

11. 浣溪沙　今日立春赠诸友

湖上涵春气盎扬，高天滚滚女人香。
东边日出送流光。

斜影疏梅依舞柳，新花玉蕊照金堂。
小园曲径岂彷徨。

12. 石州慢　龙的传人
　　　——赠母校校友

碧水云天，林深含翠，盎然灵气。
莺飞十里长堤，月挂梢头佳地。

晨霜夕露，洲头风物腾达，阳澄代有才人起。
浪卷水茫茫，任烟波诗意。

雅集！
巴中同学，荟萃群英，人文才艺。
飒爽英姿，国色天香佳丽。
生生不息，发扬光大今朝，神州望遍苍山济。
万里撼龙沙，数风流谁比。

13. 临江仙　重来

远去重来时复醉，春潮湖上声闻。
新词一曲唱情深。
凭栏人未老，世事已然新。

尝喜风吹花似海，问花来伴谁人。
夜阑无语更思亲。
阳澄觞未尽，波漾乱春心。

14. 五律　春光明媚

碧水村边合，春光绕树枝。
村姑溪浣暖，翠竹懿涵诗。
浪卷如思旧，藤攀欲奋姿。
芳花心有泪，待得雨来时。

15. 虞美人　戊戌年元宵节前雨

恼花窈窕天来雨，点点如珠玉。
东风吹过渐留痕，难问堂前芳闹为谁人。

不知明日花光里，灿烂谁能比。
携来春色与云轻，孰怪寒风带雨也关情。

16. 新春七绝三首

一　元宵节访苏州观前街书店并记之
寻遍姑苏街巷里，观前书阁傍高楼。
枣梨香墨酬佳节，春首闲中乐此游。

二　偶书
白发飘然时一醉，春风梅底探清珠。
三更夜雨常来客，不觉阳澄已岁除。

三　赠太湖种梅人
阳澄一夜风和雨，春色西山可着痕？
传说今年梅放早，寻梅还问种梅人。

17. 菩萨蛮　闻莺

阳澄湖上风兼雨，无言能尽春边语。
雨滴任凭窗，时光穿故乡。

芳华留不住，且让青春去。
老眼放光明，花间还捉莺。

18. 浪淘沙　风弄鸣筝

波浪涌阳澄，风弄鸣筝。
一时花乱影轻盈。
春好朝朝霞色里，又见天晴。

昨夜满天星，化作流莺。
花莺相伴几多情。
莺去匆匆心负了，花为谁明。

19. 蝶恋花　春花

三月东风花万万。
蕊里藏心，欲把家家唤。
展尽芳华天一半。
今花雨润阳澄畔。

最念花时天可撼。

连理枝头，多少相思伴。

花若无心花会淡。

花如有泪花心颤。

20. 古风　阳澄湖人

君不见阳澄湖水通海流，万古长清永不休。
君不见阳澄子弟代代传，桑田沃土云满湾。
　　东风繁花万千妖，雪裹银装玉娘娇。
　　秋声滴滴穿金甲，别样荷花映碧涛。
　　朝升旭日岥西滩，霞晚月明是晴天。
　　轻帆点送南浦雨，雾中飘来群谪仙。
　　渔家旦出画卷里，樵夫巧作画栋庇。
　　天生丽质滟滟波，漫舞清风月摇曳。
　　村姑溪浣妙西施，少年诗书声琅时。
　　莫道季鹰归故里，仙子凌波天上池。
　　古刹钟声时一醉，莺飞草长清清味。
　　夜来客梦相顾言，只爱江南酒常酹。
　　人间仙境自在闻，写意春秋云天痕。
　　愿多比翼双飞燕，但共婵娟阳澄人。

注：季鹰，即张翰，字季鹰，吴郡吴县人。西晋文学家，吴国大鸿胪张俨之子。有清才，善属文，性格放纵不羁，时人比之为阮籍，号为"江东步兵"。齐王司马冏执政，季鹰见祸乱方兴，以莼鲈之思为由，辞官而归，年五十七卒。著有文章数十篇，行于世。

21. 七绝　昆山小憩三首

一　读陆游《沈园》诗后作
姑苏台上莺声乱，冷月花前影苦缠。
梦断何妨不相见，缘何夜半泪涟涟。

二　青山望远
青山放眼天高远，独酌云飞雁一行。
回首来时花满路，清风两袖仍余香。

三　重回阳澄
无声心语觅芳踪，又下阳澄一片空。
我向清风祭明月，凭栏远望影重重。

22. 七律　昆山春色八首

一　游昆山亭林公园顾炎武纪念馆
亭林园里水凝眉，过尽春风不忍归。
花底雁霜连画栋，香氛茶屋绕烟蕾。
溪衾疏照妆林壑，山色晴流掩鹭辉。
天下兴亡匹夫志，去翁骨气蘸云飞。

二　兴至游亭林园
清晓游园行匆匆，轻纱遮面不相逢。
新花鸟语藏林涧，溪水山阴度冷风。
曾恐余霜冰画栋，已然出鞘剑飞龙。
欣闻武汉传佳讯，我品江楼春色中。

三　娄江畔

雨湿青山白鹭洲，春风不待满江楼。
宝船行水轻云遏，玉带游光薄雾流。
有泪春梅尝笑语，无言桃李似回眸。
我歌声渐飞林外，不废江河一望收。

四　晨望

花色满晨晴满目，一江春水舞轻灵。
碧光浮动开明镜，绛气往来环巧亭。
倚阁游人呼弄曲，乘云野鹤教吹笙。
画楼修竹江南景，不使君心忘小城。

五　登马鞍山

玉出昆岗风雨台，千年热土在春怀。
天高任鸟飞空去，海阔凭鱼卷水来。
金巷银桥今胜昔，云光古刹福无埃。
状元府邸才人笑，古树琼花星夜开。

六　文笔峰下

桃花溪暖明楼色，清水桥连野荠洲。
挥洒春风能注媚，飞腾柳浪好行舟。
波如醉眼晴光敛，山似歌眉翠滴流。
谁说春风来又去，人间但可倩云留。

七　昆曲博物馆前

春风陌上更堂前，似剪碧纱裁旧年。
吴调昆腔吟未老，雪芽乳沫赞犹鲜。
迎峰坎坷疑无路，转阁重逢恰是泉。
自古玉山花一朵，人间谁敢比娇妍。

八　阳澄湖畔

欲驾春风看玉山，柳绦岸上几多仙。
向湖踏水乘花浪，放缆牵樯载月帆。
渔火幽明凝夜色，柳堤浅黛绕云烟。
与君聊释江南好，先到阳澄住过年。

23. 大理三首

一　蝶恋花　凌波仙子茶花美

梦里千回相见醉。
仙子凌波，人说花姿美。
我慕英名来仰佩，一杯薄酒苍山酹。

此物传情如玉珮。
风落花开，常梦难相会。
岁月人间谁是最，终难相忘茶花媚。

二　蝴蝶泉

八千子弟苍山会，多少功名洱海间。
夜雨云霄听响鼓，晨风蝴蝶到清泉。

三　别赠苍山书院

大理泣花红，临辞赠吾兄。
十年长久久，三日但匆匆。
何岁君来北，今朝我向东。
苍山相别远，洱海在心中。

24.鹧鸪天　聚会二首

一

岁月流年疾转轮，人间圆月几回闻。
亭台楼阁年年老，芦荡春晖久久新。

何恨酒，莫疑心。相逢不醉又何亲。
曾眠夜里桃花梦，遇了东风和远人。

二

轻上皇冠朱总楼，人生欢宴欲常求。
四方流水金光闪，八面青山夜色柔。

春浩荡，意相投。青春还伴在心头。
今能品味真情里，谨谢吾兄无理由。

25.菩萨蛮　阳澄湖三月游春潮

春风古道声如织，春潮花海云天碧。
　晴色入琼楼，相思摘满舟。

佳人花下立，伴影香熏袭。
挽柳黛娥明，莺飞长柳萦。

26. 七律　戊戌清明祭祖

清明时雨苦人心，雨里横风但念亲。
伤逝有痕天地怨，默然无语故园春。
慈颜宛在长牢记，词赋差强几可闻。
泉下安寻三百寺，便无思绪乱纷纷。

27. 南乡子　换了人间

千万里雄风，会饮豪情共碧空。
此地曾经多少事，匆匆。
古道新村意正浓。

人说爱花红，谁恋春光去梦中。
遏住行云看野旷，丛丛。
响亮歌喉唱不穷。

28. 七律　阳澄春

遥看林上几行筝，兴至童心一忘庚。
絮舞清风风有语，天飘细雨雨无声。
柳丝随意黄鹂影，花朵含情凤蝶萦。
翠袖红衫依甲第，斜阳古道水婷婷。

29. 风入松　执子之手三十周年

一生飞短恨逢春，长忆旧光阴。
无眠点点相知路，满怀心、款款情深。
三十年前今日，莺啼柳绿携君。

花园村里醉花馨，斜照映罗裙。
携来冷暖明灯下，伴年年、纤手香熏。
最是时光如箭，悠悠岁月催人。

30. 七律　春晓

枝上鸣禽啭清阁，晨风吹醒一江红。
晴窗隔问茶花好，夜梦曾闻乡酒浓。
人向山园歌滚滚，池怀水榭影重重。
彩霞千里新莺柳，知向谁边觅爱踪。

31. 苏幕遮　芦荡春夜

夜沉沉，灯影处。
知是春潺，枕上相思注。
月映西窗星在树。
苇荡无声，心向天边仁。

一腔魂，何恨暮。
明日天晴，今夜星星数。

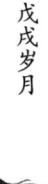

怎得天涯同梦晤。
待月西沉，衷曲方能诉。

32. 破阵子　贺母校县六中七八届高中师生团聚盛会

又见春风万里，巴中旗鼓相连。
师谊情深天下走，弹指惊鸿四十年。
人生风雨间。

东海涛流缱绻，西天云卷缠绵。
踏遍青山人未老，共与阳澄泫碧澜。
从头同向前。

33. 阮郎归　最忆是姑苏

平生最忆是苏台。
小园朝巷开。
佳人拾翠曲桥来。
桃红落粉腮。

春润雨，旧情怀。
离伤花下埋。
他年桃李问谁栽。
人生不易猜。

34. 七律　别阳澄

独马曾来念海流，晴空天碧望云舟。
轻云变幻凌风阁，细雨苍茫向晚楼。
心重难挥三尺剑，情深誓吐一腔柔。
文章无彩何回首，羞见江东八十州。

35. 摊破浣溪沙　别江南

愁损韶光月色空，春江别去水溶溶。
　莫道东风未入梦，太匆匆。

霜鬓烦心催我老，他乡明月与谁同。
　料得来年相会处，是吴中。

36. 虞美人　过淮上赠友人

　蛙声一片长淮暮，
　　雨后清清露。
　故交相见酒相留，
　不问西东上下醉方休。

　十年弹指江南巷，
　　恍若游天荡。
　今来明去一时间，
　何似春来冬去越千年。

37. 踏莎行　回京夜行途中

千里兼程，清风雨霁，相牵夜月无眠意。
京城漫道在天边，心中自有甘如蜜。

今夜星光，照行迤逦，穿梭莫怕空消弥。
凌波不过是归人，万家灯火青纱里。

38. 五绝　重过鸡公山

春游山涧里，草径巉岩开。
一曲云天外，飘然鹤近来。

39. 虞美人　戊戌年三月二十一日重游曲阜孔庙

远来重醉皇家酒，万仞宫墙柳。
古楼古色柏森森，芳草斜阳今又媚人新。

金声玉振熏风里，千古流光起。
城头招展万旗红，多少中华意气在其中。

40. 水调歌头　戊戌年三月二十二日重上泰山，追忆十年前曾同游的兄弟，感慨系之

东岳巍峨在，霜鬓又登临。

东方晓出红日岁月已留痕。

脚下风清浩荡，头上云低可卷，只手举天门。

敢向人间问，何必有年轮。

人易老，天难老，感情真。

人生来去，聚散总是泪飞襟。

山有凤兮名誉，水有龙兮气溢，安共拂风尘？

甘苦从头越，莫道酒销魂。

41. 谢池春　回京偶记

斜月微云，归去来兮轻醉。

忆阳澄，风云际会。

青春如幻，亦多姿无悔。

夜深深、欲眠难寐。

星光流泻，影舞天空花蕊。

颂今朝，京都玉粹。

怀情无际，望华城清美。

感人生、万千恩惠。

42. 七绝　五月北京月季花盛开

妖姬芳妍莞君眼，美仑绝色醉风间。

花开羞落颜如玉，飞入京华染九天。

43. 齐天乐　再游香山

五月十九日周六，天气晴好，心血来潮，重游故地，欣然落笔，博君一乐！

北京城外新花茂，年年翠阴庭树。

高处临风，苍松古柏，簌簌齐天如竹。

轩窗云度。

更玉练长空，小溪流注。

今日香山，为谁娇媚为谁酷。

十年飞逝南北，叹韶华去远，冬夏难诉。

身在阳澄，欲言醒世，梦绕南天一柱。

青春短驻。

似覆水难回，涧中云雾。

重上香山，人生何倏忽。

44. 西江月　京都偶记

明月小园梦醒，清风玉露花残。

转头不觉已经年，夜静寂寥相伴。

柳影更深风冷，星光窗透纱缠。
江南烟雨不相烦，正是京都月半。

45. 虞美人　五月二十一日京城雨

晨清闻鸟声声啭，庭柳丝丝飐。
京城喜雨拂尘埃，带走人间烦恼送风来。

远山隐约堪回味，胜却花前醉。
满城雾色裹轻纱，万古蟠龙长绕在京华。

46. 玉楼春　西山雨

西山簌簌轩窗雨，云殿风来庭溢趣。
一池碧叶满清珠，清涧雁回来索句。

翠屏烟裹添思绪，霓映年华能几许。
松高千丈不开花，风雨平生香记取。

47. 七绝　别京

五月二十一日北京天气晴好。

娇风扬起花庭柳，五月京天过白云。
金季芳妍满城醉，人间春夏自难分。

48. 七绝　壶口

五月二十九日南行途中于黄河壶口小憩。

奔腾跌宕自天倾，只为东流与海逢。
野旷云低倚山色，长河九曲此闻声。

49. 五律　南行途中登鹳雀楼

　　记不起曾经多少次亲近黄河，记不起多少次想写几句黄河！坐过羊皮筏子，也走过战备浮桥……终于，五月三十一日自京南行家乡途中，经过两千余里的跋涉，终登鹳雀楼，一了夙愿。

　　登楼远望，日暮霞烂，山峦起伏，黄河滚滚，归鸿阵阵，杨柳依依，天地和谐。抚今追昔，《登鹳雀楼》萦绕耳边，遂狗尾续貂，勉成几句，凑个热闹，权作纪念。

季陵来有印，鹳雀去无痕。
日暮长河近，鸿声楼上闻。
思连南巷雨，翠断远山云。
万里奔腾去，千年谈笑吟。

50. 西江月　游山西永济黄河边普救寺
（传说中《西厢记》故事发生地）

云映青山香阁，一塔独吊芳魂。
廊回曲径缀花茵，多少人间缘分。

任有年华似水，长河伴月忠贞。

书生残梦苦留痕，此地终难无恨。

51. 水龙吟　登华山有感

华山高耸云霄，奔来途远心珍重。

葱茏翠柏，依天石径，栈桥惊悚。

似水流年，神州游历，几多感动。

念秦皇汉武，亦曾来此，追寥廓，怀情共。

领略名山险迥。

叹平常，惜多烦冗。

莽原林壑，斜阳烟水，半生倥偬。

碧浪清波，天高海阔，临风歌咏。

是平生、走遍青山绿水，为人间颂。

52. 七绝　游洛阳白园和龙门石窟

龙门石窟兴于北魏，盛于武则天；伊水边的白园是诗人白居易生活过的地方和最终的归宿之地，与龙门石窟隔水相望，风景十分秀丽。余曾多次踏足这块风水宝地。

伊水白园鸣鹭台，柳依可问则天才。

龙门笑我云游客，归去又重空自来。

53. 七律　过滁州访醉翁亭

林菲晓起试亭风，深涧悠然访醉翁。
溪带山光逢雁过，水添灵毓值花红。
晴空云映画图上，野径歌飞幽境中。
才别龙门伊水畔，乌衣巷望到江东。

54. 鹧鸪天　同游昆山锦溪后赠同学

杨柳青青喜鹊枝，与君各记少年时。
晴楼绕水长堤晓，十里荷香满一池。

风景异，有人痴。曾同年少醉乡思。
问君别去情何处，明月清风白玉卮。

55. 浣溪沙　端午夜

灯火阑珊夜静人，星空高阔月牙昏。
此般滋味与谁斟。

天问离骚悲几曲，谁能重度昔时魂。
为伊投水暗伤神。

56. 江城子　夏至阳澄望昆山

阳澄晚照望昆山。
碧连天，暮云闲。
城上歌飞、真个是超然。
谁使人间多聚散，何日里，更婵娟。

晴湖鸥鹭浴清泉。
柳蹁跹，送轻烟。
别样风情，回首便他年。
莫忘与君歌笑处，垂柳下，画舟前。

57. 南乡子　雨中戏作

风雨满江湖，淹没诗情任自浮。
华发无言应笑我，迂儒。
不佩腰刀不丈夫。

竹影好村居，喜爱家乡守朽株。
试问今朝何快活，谁如。
吴酒三千奈我乎。

58. 无题三首

一

人生一杯酒，甘苦在其中。
执手人间醉，相濡映彩虹。

二

昆山山上露重重，月映西窗夜色空。
往事难回何必问，客人颜薄酒嫌浓。

三

年少时常梦子陵，日耕学海夜听莺。
阳澄滩上风流客，只钓鲈鱼不钓名。

注：子陵者，东汉初年严子陵也。

59. 南乡子　黄梅雨中戏作

唇似石榴红，口若樱桃白雪胸。
细雨斜风梅季里，重逢。
一点灵犀却暗通。

记得那时穷，学鸟殷勤欲探侬。
没有功名今遂了，情浓。
梅子黄时病又同。

60. 太常引　黄梅月

身在阳澄，心念他乡人，愿暑安！

薄云斜抹月昏黄，暑气却蒸床。
把酒但何妨。
邀昏月，星河醉狂。

廊回伴影，清波如篆，鸥鹭自归藏。
闻十里荷香。
共君记，曾经梦乡。

61. 鹧鸪天　夏游京口北固亭怀辛弃疾

山接斜阳山外山，长江滚滚气殊然。
烟波晴色横楼畔，北固亭风在鬓边。

人极目，暮侵天。当年征战夜披鞍。
神州曾夜飞千嶂，生子当如尔稼轩。

62. 醉花阴　阳澄雷雨中

雨急乌云天似夕，湖上风雷激。
声震动天空，尽透窗纱，漫漫波流碧。

柴门闭户心戚戚，听雨声声滴。
莫道雨平常，仲夏时分，天气谁能敌。

63. 六州歌头　忆随内人回故乡访一代名相张居正故居

荆州城下，忆一代名臣。
曾记否，张居正，月如轮。
出鸿门。
太子恩师久，养心性，定乾坤。
辅万历，披日月，戴星辰。
自古天才，少小多佳誉，品学兼仁。
恨英才天妒，身后亦如尘。
功比天神。
冤难申。

望神州路，山依旧，风浩荡，喜归人。
今胜昔，家乡月，此长吟。
更深沉。
城上旌旗展，新时代，理真存。
心激荡，感浩气，政声闻。
回首当年岁月，平天下、展尽雄襟。
看滔滔江水，君去已无痕。
愿与招魂。

64. 鹊桥仙　阳澄夏

鱼翻藻鉴，波清鹭点，鸣橹惊鸥飞度。
芫芳簇簇又重重，水轻浅、蜓留莲处。

蓝天云白，荷香十里，如画风情传语。
云敹偎月夜如倾，更相送、金风玉露。

65.诉衷情　阳澄夏雨后

阳澄湖上雨初晴，鸥鹭伴霞明。
芙蓉碧叶枝上，蜓立慕娉婷。
波淼淼，水盈盈，送风清。
绿茵披岸，如梦江南，处处含情。

66.蝶恋花　暑消

昨夜雨豪风万里。
倍觉清凉，暑热因如洗。
晨起看舟行碧水。
阳澄消得堪人醉。

倚望昆山山似髻。
疑是青螺，欲把西施比。
仲夏阳澄湖旖旎。
江南风景真个美。

67. 减字木兰花　世说新语
有感于时代更新不进则退。

一时人物，豪气冲天千丈瀑。
阅遍清溪，度尽飞鸿野草萋。

黛蛾何似，春暮红花开欲恣。
玉缺残杯，任是东风吹不回。

68. 玉楼春　阳澄雷雨

四方云坠天昏暗，雨急卷荷风折半。
绿纱窗漏溅花残，湖上惊雷新燕颤。

阳澄烟雨如帘幔，乱影飘摇光忽炫。
落花流水意葱茏，莫辩吴山空点点。

69. 卜算子　钓翁

风静碧流平，独钓清凉晓。
翠飐红轻不胜收，还有荷香袅。

湖上竞风流，都说阳澄好。
云卷云舒映画舟，只是容颜老。

70. 七绝　题摄影家少华同学苏州园林摄影美图

美随心意镜中开,梦里江南入画来。
仲夏姑苏天一色,爽清何处惹尘埃。

71. 七律　阳澄娇夏

2018 年 7 月 21 日,阳澄碧空万里,白云朵朵,南风浩荡。

碧水绕城城更翠,云风万里卷湖光。
鸥轻飘过芙蓉俏,树老虬然紫玉香。
蹁柳幽篁空照影,鸳鸯翡翠自飞双。
渔舟泊岸行人笑,向晚林烟如凤凰。

72. 七绝　闻叶嘉莹先生耄耋之年捐赠全部家产有感

俗世清高岂有闻,垂天风范自无伦。
独将雅韵重磨洗,寿比南山学问深。

73. 浪淘沙　南戴河之夏

浪卷送腥风,沧海舟横。
云边帆过与天逢。
更有飞鸥欢点点,一岸蝉鸣。

击水踏波清，戏伴长鲸。
重来碣石碧空澄。
魏武东临鞭马急，只为涛声。

74. 七律　莫干山小住

清溪白鹭自悠然，修竹深林涧水闲。
鹤影千回秋日望，蝉鸣三界夏声喧。
华凝飞瀑川前挂，露洗金盘酒半酣。
云卧榻端风抵耳，扶摇入梦若天仙。

75. 玉楼春　游莫干山大教堂

　　1984年夏，来自全国各地的百十位青年经济学家于此提出了著名的"双轨制"理论。那年，余刚大学毕业，三十四年后的今天来访胜地，一片葱茏，历史的脚步依然，不禁思绪万千……

白云飞起青山处，莫干巅连天下路。
英才雄辩教堂中，千古奇思挥不去。

卅年已逝如飞絮，依旧斜阳缠老树。
观潮何必到钱塘，此地也曾风浪举。

76.安吉天荒坪小溪村四首

一　浣溪沙

九曲村溪水碧清，门前翠竹客相迎。
夕阳西下照村明。

霞漫映山闻雁过，溪流浸月动秋屏。
今来夜梦枕溪声。

二　蝶恋花

细雨狂风声瑟瑟。
翠竹轻弯，惊破溪边客。
安得清凉荷叶摘。
小溪燕子双飞侧。

溪外青山秋廓合。
满眼苍烟，寂寂深林隔。
碧水长溪花绕阁。
琴高千丈谁来和。

三　浣溪沙

溪鼓隆隆不尽闻，山头云涌雨纷纷。
如仙下界但消魂。

酒里谁知心会醉，假中难免梦如真。
管他雁去有无痕。

四　临江仙

暑热得闲来此地，清风拂面如仙。
几番凉意透衣衫。
小溪星落处，仿佛镜中天。

北望长城家万里，几时一尽欢言。

夜阑新月挂前湾。

山村今别去，从此更超然。

77. 雨霖铃　陈妃水冢

再游昆山锦溪，遇雨。

忆约七百年前，风雨飘摇中的南宋王朝即将崩塌，江山易主，自多离乱。陈姓皇妃流落昆山锦溪，不日病故，被孤零零地葬于风光秀丽的五保湖中。只留下了姓氏，没人知道她的芳龄和家乡。

呜呼！蒙古铁蹄，踏碎山河，倾巢之下，安有完卵……

风中迎雨，翠堤烟柳、欲去还语。

孤坟一座零落。

芳魂暗绕、夫家宫宇。

刹那香销、泪眼可曾望君举。

恨切切、烽火连天，怨痛难能再相遇。

飘零孑立婀娜去。

叹生离、死别伤悲曲。

春花谢了秋月，琴瑟意，但如金玉。

碧水琼楼，远影空含别梦谁叙。

雨注矣、思绪千回，恰似风飞絮。

78. 七律　湖上西施

——戊戌年中秋阳澄湖

又到秋蟹夜，阳澄湖畔灯火通明。蟹舫上之外乡弹唱者的歌声重又飘过，多少生活的奔波和期待在其中……

舫上情飞灯艳浓，天穹云影夜重重。
流歌啼燕蛾眉卷，玉指抚弦湖色空。
雪白清肌轻柳薄，粉残笑脸乱霞笼。
安谁来伴扁舟去，一醉芳心碧水中。

79. 满江红　阳澄秋

——戊戌年国庆节，农历八月二十五日

漫卷西风，秋色里、满湖水碧。
霞起处、云霄灵隐，琼瑶无息。
风物含情灯不寐，江河有爱情嗟泣。
莫徘徊、杯酒敬瑶池，心飞笛。

画扇歇，金玉夕；斜阳醉，秋声急。
只黄英遍地、荻花堪惜。
明月依然天未老，壮心不已随年溢。
此阳澄、千万样风情，何人及！

80. 七律　读《锦瑟》

锦瑟弦惊声渐来，清风入酒岂遣怀。
花残有爱随时落，情浅无缘遍地哀。
望帝春鹃如泣血，庄生夜梦似痴呆。
此番可付长亭晚，蕴藉云中待日开。

81. 浪淘沙　秋

飞荻几丛丛，秋又来融。
怕人冷落是芙蓉。
满院黄英香正散，伴酒何浓。

红笺意重重，展尽芳容。
阳澄夜里觅君踪。
曾染霜林枫叶醉，往事心中。

82. 戊戌阳澄湖秋夜抒怀二首

一　七律

光影妆成白鹭滩，持螯向月夜湖船。
酒旗招展云天阔，秋色流连枫叶丹。
有醉三分琼浆里，留霞七彩玉山边。
衡阳雁去谁言老，信手清风唤在前。

二　七绝

芦花瑟瑟自吟秋，乐蟹霞飞鸥鹭洲。
天意留君观美景，心边沉醉满湖楼。

83. 浣溪沙　记得金辉落日窗
——戊戌年九月四日

记得金辉落日窗，那山那水那时光。
满天霞色作霓裳。

云袖飘然惊翡翠，蛾眉展尽吐芬芳。
东风袅袅裹红妆。

84. 唐多令　重阳前九月初六重游苏州

　　从阳澄湖北到苏州，过去挂帆摇船行程大半天，现在行车只半小时。天地大变！

穿荡到苏州，轻帆绕白鸥。
卅年前、烟缈城楼。
城下系船看画栋，那时候，月如钩。

今又走苏州，岁月如水流。
路宽宽、霞漫洲头。
古韵云楼天巷里，雕梁在，再神游。

85. 七律　夜

听风不辨是秋冬，趁醉将诗寄夜空。
寥阔正如心去处，彷徨还待鸟归桩。
送行不过前村暮，离别安知几载终。
明月无眠伴清影，有情岂笑鬓霜浓。

86. 水调歌头　笑傲重阳

昵昵与君语，竟夕但无妨。
月斜酒后风冷知是到重阳。
到过琼楼玉宇，看惯风花雪月，金桂又飘香。
携手觉情暖，唯恨得秋霜。

暮云去，星光淡，夜茫茫。
人生易老，不向旧事话沧桑。
挥去人间风雨，留待天边霓彩，心愿射天狼。
万古已泉下，我笑傲重阳。

87. 七绝　秋庭闲坐二首

一　秋风斜阳，满庭秋花开

一院丹心向碧空，秋风孵得暖枫红。
灵犀已付文章里，尽享斜阳岁月浓。

二　无题

水流有意朝低走，云本无心作远游。

花落留芳人亦客，唯山抱翠但悠悠。

88. 诉衷情　浮生
——戊戌重阳后

去年风里送春归，波飐月光微。

天涯梦断杯酒，从此暗香追。

心不老，待扬眉。月相随。

一生难料，遍忆浮生，知我其谁。

89. 风入松　观老孙同学走喀喇昆仑山照有感

斜阳夕照莽昆仑，万里雪酬宾。

溪前绿暗疑无路，忽分明、翠卷金深。

料峭秋中寒色，穹天分外清新。

莫听山静怨销魂，闻雁挽闲云。

锦川秀壑多情水，展宏图、万马千军。

逐梦雄奇西海，驾风荡尽浮尘。

90. 长相思　秋思

爱君难，恨君难，爱了时时难上难。
霜飞泪未干。

碧云天，水云天，碧净深深天外天。
情何天地间。

91. 铜钿歌二首

一

没有铜钿万不能，铜钿难买老来庚。
劝君莫把铜钿怨，不是铜钿样样成。

二

人说铜钿通鬼神，铜钿能买老来春。
世人常恨铜钿少，我爱铜钿不怪人。

92. 戊戌年深秋重上庐山二首

　　1984年初夏，与同学们同上庐山实习，山花烂漫，人流如潮；今秋再上庐山，山上天气已冷，光景大不相同！只有庐山云雾依旧。感慨系之。

一　七律　庐山

庐山云雾一重重，霜染梢头枫叶红。
难觅香炉烟气淡，曾闻崖畔草香浓。

溪空无语松林静，篱落安闲玉阙融。
心向天飞相与老，卅年往事已随风。

二 七律 美庐
松竹幽围深闭门，枫林疏影几年轮。
雄鸡一唱相思泪，绣锦千裁合断魂。
燕去雕梁空落落，苔生石径自沉沉。
唯余风月芳菲苑，曾照香闺梦里人。

93. 减字木兰花 菊花酒

浅霜侵绿，陌上菊黄花吐馥。
会聚群英，波映芭蕉自在风。

令行高阁，都是阳澄潇洒客。
寒意何愁，吴酒留君一醉秋。

94. 浣溪沙 秋宴
有朋自北京来，同饮秋蟹楼。

月上梢头夜色浓，情飞蟹舫酒杯中。
重逢已是几经冬。

何惜秋风来又去，却怜岁月再谁同。
如今把酒更从容。

95. 虞美人　寒秋

秋风喜作黄昏舞，胜过三春雨。
霞飞一抹月当空，月下残荷何奈夕阳红。

人间安得长青柳，且尽杯中酒。
清霜摇落满昆城，无柱星空留我许多情。

96. 望海潮　秋咏昆曲小镇

天香弥漫，五湖环抱，玲珑小镇繁华。
阡陌纵横，楼台斗角，朱栏玉枕金沙。
晴柳展无涯，有丹枫碧水，菊与交加。
云映清波，乱分秋色到人家。

西园一曲鸣笳。
正华灯初上，飞影如花。
云袖曼喉，亭亭怒放，腔和泛夜娇娃。
千载酒旗斜，更红罗翠锦，万树同嗟。
芳思绵绵，水乡淼淼我来夸。

97. 鹧鸪天　生日感怀

想起初二时，徐老师为我补习功课，天天熬到深夜！夜半送我，托着我屁股爬围墙回宿舍。那时无知，只管添麻烦，现补记，愿他在天堂安息！并借此向所有无私帮助过我的先生们致敬！感恩！

寒水烟笼秋色奇，阳澄东岸柳依依。
空如万斛穿肝胆，划破残荷入棹泥。

天欲语，草萋迷。曾经恩宠影依稀。
卅年长路斜阳外，唯恐风霜侵我衣。

98. 北京五首

一　七律　陶然亭深秋夜

自古悲秋雨后窗，一风更比一风凉。
帘拢多彩如花锦，冷月如钩照画梁。
庭静霜飞凋碧树，夜寒玉染赋新妆。
银光泻落天河殿，杯酒清清正异香。

二　八声甘州　走西风

走军都十面尽西风，望远解雕鞍。
正秋中莽野，飘零烂漫，相顾无言。
闻有廉颇老矣，富贵不曾闲。
更念隆中对，一表苍颜。

欲向桑麻溪曲，说太公往事，且住霞山。
酒杯斜阳里，谈笑自年年。

汉唐边、功名千古,九重天、咫尺舞蹁跹。
东方晓、万山红遍,是我家园。

三　七律　深秋夜随想

云伏清虚菊傲霜,月残更漏意茫茫。
冷宵旷野苦凝树,寒夜街灯心向窗。
情作倾盆狂雨落,魂牵残桂绕枝香。
今宵恨别三千里,此处乡思万段长。

四　七绝　立冬后

湖上云开白鹭飞,乡人但说蟹膏肥,
桂花零落应无味,念我留京仍未归。

五　菩萨蛮　阳澄好

逢人便说阳澄好,秋来自有千般调。
暖日媚晴山,清波连碧天。

不闻乡味久,试问君知否。
一夜再沉思,匆匆归去时。

99. 浣溪沙　赠徐兄

独自凭栏柳自垂,阳澄小雪荻花飞。
夕阳西下几时回。

匹马过江人未老,归来闻雁乐相随。
邀君消遣两三杯。

100. 江城子　江南大雾

连天迷雾觉恓惶，白茫茫，野苍苍。
　　飘渺人家，万树隐龙岗。
远近笛声催路急，人不见，更慌慌。

流年似水跨风狂，鬓如霜，话沧浪。
　　文字年年，总欲付斜阳。
料得明朝天不老，心放下，又何妨。

101. 江城子　闲赠诸兄

　　重回幸再菊黄前。
　　　　笑声连，醉流年。
　　　　无限乡思，把酒解秋寒。
　　只看曾经阡陌上，香且住，艳阳天。

　　年年梦呓到乡关。
　　　　说昆山，是昆山。
　　　　满目青青，此地更超然。
　　来觅乡心湖漫漫，秋色里，玉花翻。

102. 南歌子　冷雨

暖暖金秋去，潇潇冷雨来。
香留风月菊花台。
摇落风尘红叶、一徘徊。

翠树烟湖立，银涛玉蕊裁。
清流漫漫向天开。
望遍吴山千点、壮胸怀。

103. 浣溪沙　冷雨潇潇

黄叶飘零一地哀，漫天风雨小园来。
伤秋不过落花怀。

惜度光阴沉睡里，难镶金玉月光台。
趁寒举酒莫徘徊。

104. 浣溪沙　今日雪飘飘

霜菊窗前点点黄，雪花催我读书忙。
江南风冷裹银妆。

灯暗光微酣梦寐，云垂天低作茎霜。
谁家举宴一村香。

105. 采桑子　江南雪
——阳澄湖今日大雪十年未遇

英姿娇媚阳澄雪，不似花开。
胜似花开，望尽江南遍地皑。

从中觅得眉间笑，何日君来。
今日君来，艳压群芳香入怀。

106. 鹧鸪天　阳澄雪后

寒夜凝光水淼空，枝头雪冷影重重。
雪藏玉笳真情在，梅蘸风流香味浓。

冬有酒，乐无穷。冰檐酣睡更从容。
莫欺我老温柔少，倦倚斜栏醉亦同。

107. 石州慢　雪中春
——戊戌冬阳澄雪，赠爱人

飞雪江南，漫天寒彻，冷风灯晚。
锦书难了遐思，记得小园相挽。
一时心绪，波澜壮阔飞来，重重叠叠阳澄满。
送我一枝春，赠人间千暖。

心懒。

东西南北，成就何寻，人生尘染。

欲说还休，只恨青春离远。

却思冬去，归雁北望昆仑，天公抖擞重开眼。

岁月几多痕，试今天恩感。

108. 水调歌头　江南雪

漫舞江南雪，玉洁伏琼楼。

人间化境恰似华乐大江流。

试问吴山寒意，却道梅兰依旧，喜有故人留。

万物乾坤里，冷暖莫惊咻。

落花飞，西风紧，满村幽。

转头迷眼，不见飘渺影芦洲。

天有春秋旦夕，情有高低远近，

岁月自悠悠。

我是青衫客，天地一从游。

109. 忆秦娥　暖

晴光满，西天霞色阳澄晚。

阳澄晚，风平浪静，菊香和暖。

渔家客到炊烟款，霜凋岸柳枫林染。

枫林染，红明绿照，万般情感。

110. 南乡子　太湖东山探幽

连雨后晴日，于东山状元村陆巷古镇依苏轼《南乡子·送述古》词韵。

回首一山横。

寥落村居望远城。

忽见仙人松下坐，亭亭。

紫气东来照客行。

天冷镜花清。

欲系寒锋挽不成。

初上暖阳斜照处，荧荧。

山静光明雨过晴。

111. 鹧鸪天二首

一　江南古城昆山

日出东方暖上窗，大寒疑是又重阳。

草衰旷野霜风路，花落银屏白雪妆。

看画舫，在城旁。谁家竹映小池塘。

歌飞巷外凭人梦，自在炊烟细细香。

二　廿四夜

腊月二十四是江南重要的一天，要送灶公神仙，正月半再接灶。阳澄湖一带流行吃糯米粉做的大团子（类似大号汤圆），老苏州城里人更认为就是过年了。

寂寂风平爆竹连，篆香红烛送神仙。
腊梅窗外花开蕊，春意湖边水泊船。

天渐暗，暮成寒。渔家溪院起炊烟。
软团糯粉圆圆白，把盏江湖又一年。

112. 浣溪沙五首

一　昆山半山桥即景

一挂清溪绕碧窗，半山烟雾叠峰妆。
鸳鸯水上任游双。

菊笑万门香四海，云彤千嶂达三江。
昆山山上好风光。

二　上海夜

上海城中热气高，南京路上酒旗飘。
曾经客梦路迢遥。

琼阁入云城不寐，浦江连海夜行潮。
霓虹灯下浪滔滔。

三　天之花
闻南京大雪，写于阳澄湖。

高埠惊风走乱鸦，江清山缈淡笼纱。
缥缥云翳向人家。

我忆当年曾大雪，雪凝岁月举风华。
还看今朝满天花。

四　除夕
除夕春光洒满湖，洲头鸥鹭又沉浮。
梅香枝上聚滩芦。

一点灵犀凝紫气，半壶清酒结金珠。
新芽斜向白霜吴。

五　夜阑听雨
已是三更倍觉寒，夜阑听雨意潺湲。
雁归难伴锦裘眠。

新柳缠绵堤上舞，春声不断枕边连。
明朝湖碧玉花翻。

卷二

己亥光华

113. 菩萨蛮　元宵节

华灯千树莺莺语，元宵一夜春如许。
水泊柳边船，熏风新岸前。

放灯天下美，今夜无人寐。
从此小轩窗，月明芳草香。

114. 七律　情人节阳澄湖抒怀

我怜庾信活诗心，古韵悠悠着月痕。
竹动闻留芳客泪，风流疑到辋川村。
霜晨老树枝头绿，陌上禾苗雪下春。
水色空濛皆幻影，何须天下有情人。

115. 菩萨蛮　梦园

珠帘高卷寒光霁，庭前潋滟横波溢。
飞浪踏渔歌，晴村三万和。

梅香人已去，犹念亭风处。
千古事悠悠，梦园花满楼。

116. 沁园春　太湖梦园春

再立春湖，雾去茫茫，百舸竞流。
只穹天一色，碧空澄透；远山如黛，鸥鹭轻悠。
雁叫声声，漫回水岸，胜却人间无数秋。
曾记否，叹浪高命蹇，一起从游。

梦园故国芳洲，依旧在、铮铮诗韵稠。
惜一腔热血，随年飘逝；千年一梦，梦向谁留？
今日晴光，风和香溢，妩媚江山花绣楼。
春色满，更飞扬文字，意得难休。

117. 苏州太湖西山（金庭镇）游二首

一　鹧鸪天
寻路那堪问白鸥，金庭飘逸柳枝柔。
一桥烟雨平生月，几度云霞山海楼。

轻弄影，泛行舟。清波梦里是苏州。
远帆到处空天际，古荡随风诗韵留。

二　七律
桃李穿蜂花朵朵，枝高三尺映清波。
茶歌欢畅追杨柳，碧水缠绵醉黛娥。
漫卷新光千里雁，喜连晴浪万舟梭。
瓜棚迎坐农家客，心念湖中青髻螺。

118. 江城子　梦苏州

卅年长路别苏州。

思悠悠，恨悠悠。

别了苏州，何处觅芳洲。

纵是他乡同日月，风凛冽，水西流。

年年幽梦到苏州。

思苏州，念苏州。

千里家乡，夜夜梦芦洲。

长忆苏州明月夜，情似海，绕云楼。

119. 赠外甥女

何家有女玲珑玉，出水芙蓉云顶花。

更是江南梅一朵，凌霜斗雪展风华。

120. 苏州盘门夜
——四月中旬根据少华同学摄影作品写

酒旗渔火夜盘门，柳岸桥横待可人。

森森苏城波弄影，溶溶月色几回闻。

121. 琼花

花香十里情惊海，姿俏千村白雪娟。
洒落人间春色里，玉娘岂只比红颜。

122. 赠长沙海明兄

那年一别风自东，春色今年又不同。
安遣杯酒湘江去，诗韵漫歌岁月中。
长沙城高旌旗望，岳麓山下更从容。

123. 浣溪沙　赠徐州孙兄

整顿乾坤事未休，清流独秀在徐州。
　　为民鼎力为民忧。

金玉心成常蹈海，鲲鹏手缚若牵牛。
　　功高万丈比云楼。

124. 踏莎行　黄梅雨

梅子黄时，薄纱缥缈，烟笼景色江南好。
楼台隐隐绕花香，银环玉燕双飞晓。

点点荷青，雨来暑杳，分明夜短心知了。
青山不老季鹰归，黄梅时节鲈鱼跳。

125. 踏莎行　夏雨

烟柳江南，雨狂心沸，阳澄湖上声声碎。
凉风自在卧龙丘，疏荷粉黛含珠翠。

燕燕双飞，池池花荟，玉山那畔行人醉。
徘徊一笑画梁前，此间风景能为最。

126. 卜算子　栀子花

温润雪清香，欲吐星辰语。
入眼空灵郁郁香，朵朵颜如玉。

不与比红妆，心恋霞飞絮。
化作幽幽雨下诗，都是神仙句。

127. 西江月　贺张菊芬同学生日

同学少年花正，风华绝代皆知。
执鞭母校育人痴，三十九年已是。

回首那堪岁月，家乡别久难辞。
梦魂莫道焕英姿，休说等闲相识。

128. 清平乐　望湖

青春如许，旦夕风吹去。
多少年华长短句，尽付无言飞絮。

阳澄湖畔幽幽，愿携百侣同游。
祈盼彤云如涌，今朝再上琼楼。

129. 南乡子　闲话夏秋

坐夏盼凉秋，好语斜阳画扇头。
看雨卷帘风起处，飕飕。
只与君知我有愁。

花谢等闲忧，多少清香可在秋。
谁使吴钩空寂寞，悠悠。
笑把韶华付远游。

130. 阮郎归　赠徐兄

金兰露结误成霜，情随夜梦乡。
旧交新识付斜阳，花飞心会伤。

劳燕去，玉簪凉。趁风问雨狂。
何将乂字放中央，一声人断肠。

131. 太常引　暑闲偶得

一湾碧水绕云楼，杨柳挽轻鸥。
波淼寄闲愁。
曾经夜、销魂野丘。

豪情自古，玉卮清酒，霄汉去行游。
自得似东流。
君若在、同牵眼眸。

132. 渔歌子　夏夜

百尺楼头月恋斜，星光流泻夜清华。
无睡意，泛心花。轩窗对酒望千家。

133. 浣溪沙　同学聚

百丈风来任卷帘，斜晖无事漾桃源。
银筝离曲故园弦。

明月还时人尽醉，清宵去处酒追欢。
分分都与思华年。

134. 唐多令　阳澄雨

雨急卷汀州，苔阶近碧流。
是年年、燕过村头。
双宿双飞连理影，心愿里，盼来秋。

水幕锁重楼，清分自不休。
一湖风、欲去还留。
愿与紫薇同载梦，明月夜，向天游。

135. 浣溪沙　赠盛奕霖小朋友

坐断江南独秀林，
少年才俊出豪门。
春风来琢几家珍。

海色齐天龙戏水，
繁花着影我知音。
凌波直上待青云。

136. 大东北三首

一　采桑子　镜泊湖观瀑

人生如瀑奔流去，忽已飘零。
忽已飘零，走了千程又万程。

此行且住云归处，欲说山青。
欲说山青，却道天边一月明。

二　浪淘沙　边城旅夜漫记

阔别此边城。
飒爽风清。
夜阑更静悄无声。
翠被青纱千帐里，消受行程。

惆怅是孤灯。
淡月微星。
天边山影却分明。
寂寞人生容易老，莫负多情。

三　浣溪沙　登高望远

才忆当年夜动人，烟笼山影又沉吟。
天涯落寞惜知音。

晚阁无言千里目，残阳借问几分心。
所来何事慰风尘。

137. 如梦令　七夕（二首）

——和诗友尘封老师韵

一

一别长亭愁绪，
化作惊心风雨。
霜鬓雪凝丝，
七夕重来飞去。
难诉，难诉，
今夜更声深处。

二

自古书生愁绪，
云绕巫山风雨。
铁杵也成丝，
真爱心来心去。
倾诉，倾诉，
只在两情深处。

138. 鹧鸪天二首

一　水乡巴城夜

天阙清宵夜掩廊，彩銮华殿玉摇光。
万家千树花如水，金酒银杯嫣绕梁。

风款款，影双双。妍香细袅说安康。
浩然古刹新来月，便送秋波到汉唐。

二　祝周师姐事业更上一层楼

云外齐天蟹舫楼，渔家灯火近东流。
一行北雁遥天暮，几度江南静夜秋。

风飐影，月如钩。水晶宫殿自悠悠。
珠帘高卷斜阳醉，百里湖光任载游。

139. 七律　夏日里

一夏闲余怜酒少，情多偏爱向波生。
溪边不钓孤舟雨，岭上常观胜景城。
吊影读书思故旧，挽风听曲卧云亭。
朝花开在心头暖，更喜人间有晚晴。

140. 古风　酒宴后

野草萋萋白鹭归，光阴荏苒暮霞飞。
阳澄子弟来相会，秋色满楼情满杯。
天上人间同一笑，还看山水月边回。

141. 七律　初秋雨

西风送雨入柴门，野叟醪糟也醉人。
水似银帘来有势，花如旧梦去无痕。

雁飞苇荡迷千里，龙戏烟芜又一村。
别夏芙蓉浑易瘦，湖光待赋更销魂。

142. 临江仙　年年

燕去秋来天寂寞，画舟风雨朝朝。
玉人何处又吹箫。
高云留客醉，云醉客魂销。

岁月横斜依旧在，纵然白发飘飘。
平生往事许波涛。
年年斜照里，诗酒逞英豪。

143. 忆秦娥　石湖晚照

据少华同学摄影美图写。石湖是姑苏城南名胜，桂花飘香的时节里，看到老同学美图，自是快乐事，记之。

惊回首，云边暮影长亭柳。
长亭柳，年年秋晚，落霞相候。

长空雁叫风来后，苍茫难掩江南秀。
江南秀，翠帷依旧，石湖香透。

144. 七绝　喜迎中秋

月淡云浮夜未闲，菊香暗动影花间。
梧桐翻叶风吹梦，人向青山那畔眠。

145. 踏莎行　秋也

桂影婆娑，艳香且住，分明随月归空处。
清风争得好伤秋，一湖碧水知如许。

波飚年年，时光匆度，落花无语温存故。
紫薇曲径暮天凉，乱红飞过千山去。

146. 虞美人　秋思录

西风渐紧凉初透，恹柳君知否。
怕听雨滴打芭蕉，正是年年秋落断肠宵。

欲逢应记花间酒，往事重回首。
潇湘国里暖春风，总把几枝杏白比桃红。

147. 七律　秋中

一波秋雨一波清，点滴光阴簌簌听。
尘世繁华惆怅暮，心思落寞寂寥灯。

人怜今夜藏萧瑟，谁向从前悔薄情。
不见星娥槎碧海，西风恍惚盼来生。

148. 七绝　秋日偶得三首

一　山塘街暮色

据宋少华同学摄影美图写。

千年烟色暖霞明，两岸风楼夕照清。
曲院连桥人唤酒，江枫晚唱对秋亭。

二　闲窗

闲窗飘叶任西东，风韵成诗各不同。
俯仰人间今古事，天明还照落花丛。

三　湖色

日出东方一点红，云开湖色与天空。
渔歌卷起轻帆影，水阔秋香阵阵浓。

149. 定风波　那年明月夜

夜正浓浓月光长，风吹细细桂筠香。
一树紫薇轻吟晚，帘卷，秋分已过自清凉。

对酒当歌身累肿，无用。何如落笔比萧郎。
记得那年明月夜，菊榭，琴和花影透轩窗。

150. 鹧鸪天　秋韵

云乱霞红胜月光，青山依旧草花香。
玲珑小阁炊烟袅，气爽和秋翠树凉。

风细细，野茫茫。岁月人间我自量。
还君一曲飞天外，诗韵无由任短长。

151. 眼儿媚　风归乡野

秋柳垂头意阑珊，清气暮空含。
桂花零落，雁行又去，且等回还。

霞光在涧凝霜雪，心欲梦香兰。
风归乡野，鸳鸯湖上，晖映青山。

152. 七律　贺己亥国庆

紫气微微向晓嗟，朱阑盛事散金沙。
九洲祥鸟排云殿，万国衣冠拜我华。
鸿日才临仙鹤荡，游龙已入彩英霞。
香浓桂语清宵唱，珮玉回声是一家。

153. 定风波　月钩明

常羡中秋朗月清，天怜今夜月钩明。
婉转歌声飞皓齿，风起，月牙初上照秋庭。

万里云归遮望眼，唐汉，旧时明月怎飘零。
若问江南何等好，却道：小桥流水夜如屏。

154. 浣溪沙　人生虽短却沧浪

新月凝辉夜愈长，桂花自得沐秋康。
　　清香隐隐在西墙。

荏苒光阴虚度日，殷勤夕照任滋窗。
　　人生虽短却沧浪。

155. 鹧鸪天　兜兜转转又重阳

忽报西风重卷凉，兜兜转转又重阳。
人生易老天难老，月影非长梦愈长。

追海阔，逐花芳，虚盈如月总平常。
红衫翠袖云间雨，笑我空来尘世藏。

156. 卜算子　霞晚

风已转头凉，夜静山犹远。
鸟自归林渐不闻，望月云遮断。

天意慰苍生，世惜人生短。
菊欲飘零还傲霜，更有相思满。

157. 西江月　蝶舞青天绝色
——次苏东坡《送建溪双井茶、谷帘泉与胜之》韵

蝶舞青天绝色，风轻却过流泉。
菊香一品赛神仙。
鸥鹭来游曲苑。

心发云楼碧宇，盏浮雪沫和圆。
人间岁月此争妍。
比美书生白面。

158. 浣溪沙　落日余晖秋暮寒

落日余晖秋暮寒，清风吹柳影晴滩。
行行雁去不回还。

芦荻银花如旧约，渔家膏蟹试银盘。
人间冷暖尚安眠。

159. 鹧鸪天　姑苏秋

何事悲凉一地秋，西风渐起使人愁。
江桥南北霜枫醉，菊苑西东冷月柔。

花寂寞，水轻流。红霞薄暮乱仙游。
容颜已改青山畔，老叟芳华付阁楼。

160. 渔家傲　阳澄湖感秋

日落霜微霞烂漫，冲天紫气燃霄汉。
万鹭齐飞千荡暗。
声声唤，酒旗十万西风乱。

滚滚彩霓金柳岸，水晶蟹舫云宫殿。
四海宾朋来客满。
清宵夜，相逢相聚重相散。

161. 访严子陵钓台二首

一　七绝

富春山下子陵台，铁壁千年任自开。
汉室江山弹指去，青峰碧水是君怀。

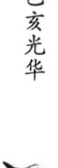

二 摸鱼儿

两千年、几番风雨，匆匆江水东去。
丹枫夹岸花开正，枫叶乱红无数。
云且住。
君不见、秋江层染人人妒。
清颖潋注。
此江水泱泱，高风箫鼓，汩汩尽堪赋。

乾坤事，天算神机岂误。
富春翻浪歌舞。
闲云水阔真豪杰，滚滚此情无语。
山似诉。
谈笑里，匡扶汉室风尘苦。
功名块土。
赞万古流芳，浩然之气，森森钓台处。

162. 鹧鸪天　阳澄湖水上公园

晓雾团凝白浪哗，晨开清影透寒纱。
残红几点临风袂，无语千回美酒家。

如玉珮，更明霞。嫣然一顾媚莲花。
湖中更有鸳鸯戏，相伴秋风到日斜。

163. 金缕曲

余一书生矣。

走天涯、晴沙雨雁，浴风歌意。

倚望青山灯火畔，客醉万家帐底。

跨骏马、离离原绮。

红叶满城鸣西海，卧龙岗、凤谷征尘洗。

漂泊处，品朝夕。

奔流直上云边际。

更连环、畦畦坎坎，霞吟奇丽。

银汉桥横芳草与，借了人间花笔。

今古事、从容枰议。

难忘斜阳江南舫，弄荷欢、浅酌低吟里。

常一醉，向天地。

164. 踏莎行

一夜西风，丹枫碧水，霜寒凋落花香蕊。
心期雁去又重回，冬初乍冷相思贵。

千里飞金，轻盈霞岐，恐来萧瑟伤无味。
只缘身在此人间，长风送韵年年醉。

165. 玉楼春

玉楼秋去霜飞翠,故国柳衰金菊媚。
满窗银杏苦争天,叶落自求吟不寐。

寒冬赋酒相思酹,敢问谁人诗意会。
半壶老酒慰平生,却把沉思寻一醉。

166. 临江仙　昨夜皓明风未了

昨夜皓明风未了,月高四海泠泠。
孤灯锦被伴华清。
心中含古在,胸臆总关情。

年少凌波行万里,风花雪月曾经。
相逢何必有星星。
云遮山不见,我亦恋峰青。

167. 阳澄湖随思录八首

一　鹧鸪天　月漾留辉别有情

月漾留辉别有情,枫湖摇影自亭亭。
夜阑更静声声细,云过风寒冷冷清。

天似幕,景如屏。年年岁岁月相倾。
飘来心绪湖中锦,俯仰人间皆是星。

二 蝶恋花 薄雾萦风天欲暮

薄雾萦风天欲暮。
极目凭栏,思缕随鸥鹭。
渺渺渔家灯火处,冥冥多少清欢住。

空老万般心念去。
逝梦流歌,真个如诗赋。
忘了青春安可负,终无岁月能重度。

三 浣溪沙 夜湖

庭舞丹枫雨后寒,倚窗孤立望烟滩。
冷潮起处盼云天。

星夜连风重起浪,蓼红别梦又经年。
人生逆旅此风间。

四 玉楼春 凄风苦雨平湖水

凄风苦雨平湖水,薄雾凝窗天隔翠。
远山今又影重重,聊有寒花添五味。

阁中听取鸣禽泪,欲上西楼风笑累。
赏花须待沐春时,可问月轮谁最美。

五 玉楼春

冷风昨夜三更雨,一盏寒灯光遣绪。
长堤衰柳到渔舟,古刹钟声风几许。

冬滩寥落何须惧,暗绽梅苞存客趣。
天如有意放歌喉,夜色清清还自语。

六　阮郎归　冬寒

斜晖落照冷凝霜，心游梦亦长。
小桥流水菊簪黄，云霞是故乡。

风渐紧，酒添香。芬芳一满腔。
倚天夸口敬苍苍，穿云去汉唐。

七　定风波

枯渚云天漫浸纱，晴湖碧水蘸流霞。
野菊霓裳芳欲尽，安忍，香榭曾道掩清华。

斜岸波纹衰柳散，零乱，还余蟹舫几家花。
欲访故人言已故，无语，冷风吹过去天涯。

八　鹧鸪天

晴色空栖万木枝，渚家风冷碧流辉。
看鸥落寞齐天处，回首当年满月时。

依水去，盼霞飞。心漪孤老岁寒驰。
问云家住何方远，可否与君同不归。

168.鹧鸪天二首

一　相聚

往事悠悠谈笑中，花如美食到寒冬。
相逢喜有兰陵酒，相别伤无碧血虹。

迎日出，送霞浓。阑珊灯火夜从容。
奔腾岁月铿然醉，暗度年华山落风。

二　国家话剧院留念

莫笑闲庭咫尺幽，话山话水话春秋。
一腔字正千家酒，粪土风流万户侯。

新事物，旧潮流。我行我素韵今留。
仙风道骨相逢笑，任尔炊烟与夕楼。

169. 鹧鸪天

再下江南觅小诗，一楼风月正其时。
影枫夹岸轻摇碎，丹叶怜霜不恨迟。

千秀岭，万虬枝。花间夜色任心驰。
但逢雪染凝梅后，艳冷熏香重与痴。

170. 永遇乐　再吊亭林先生
——昆山顾炎武纪念馆

再吊亭林，影踪无觅，孤坟如诉。
昔日楼台，风华已是，花落萍漂处。
斜阳芳草，浩繁卷帙，谁记伴君凄楚。
叹文字，当年纸贵，气吞北南霜露。

鸿名拒仕，壮怀身老，雨雪仓惶几度。

激浊扬清，天河欲挽，回首苍山怒。

千灯碧水，鹿城皓月，化作心边情注。

一腔血、飘飘洒洒，韵留鹤舞。

注：1.顾炎武，江苏昆山人，生于昆山千灯古镇亭林湖畔，在山西曲沃终老后，归葬于家乡千灯。

2.昆山古时为吴王豢鹿以供游猎之地，故又称鹿城。

171. 望海潮　阳澄湖颂

阳澄湖美，碧波千里，奔来眼底家园。

丝缕柳绦，长风沃野，繁花锦簇春前。

雪冷拢溪寒。

伴梅开几度，冰镇重檐。

踏浪渔舟，蟠龙十万戏清泉。

金秋品蟹声喧。

赞脂膏香玉，神醉云端。

清逸八方，流光画舫，飞歌刺破霞天。

酩酊酒旗欢。

卷沧溟海色，鹤舞蹁跹。

飒爽人间，寻常巷陌亦超然。

172. 鹧鸪天

缈缈轻纱遮九天，雨横来扫大江南。
胆豪踏浪青山畔，意夺流花牛鬼寒。

殇落照，思华年。风尘往事寄云端。
浮生若梦随风去，谈笑凛然一瞬间。

173. 玉楼春　忆游南京莫愁湖

满天阴翳愁何去，曾在莫愁湖上聚。
龙蟠胜迹古楼台，曲径霜残年几许。

谢花是处都无语，想有佳人诗韵趣。
梅苞待雪有温柔，只向冰封檐下叙。

174. 七律　己亥年末

京都一别久萦怀，犹梦青山烽火台。
逢夜思君酒常满，向云挂念口难开。
韶华如水匆匆去，往事随风滚滚来。
年末雨庭灯未灭，天空落寞任人裁。

175. 苏幕遮
——闲学范仲淹"碧云天，黄叶地"词，步其韵

雾连天，霜满地。
萧瑟江南，心盼青山翠。
更梦斜阳驰碧水。
芳草含情，人在花香外。

苦冬寒，空旧思。
似水流年，夜枕阳澄睡。
俗世尘飞休独倚。
偷得闲时，拭尽光阴泪。

176. 鹧鸪天

雨润梅开三九嫣，风生四海动江南。
寒潮带恨凝香伫，冷月飞霜似雪还。

春汐浪，水云天。举头忆昔凤凰山。
人间谁不思佳节，桃李春风好过年。

177. 鹧鸪天　题老叟江渔图

天外孤舟方外人，清风江上走无痕。
行空万里逍遥乐，半是凡人半是神。

心醉否，怕难分。举壶自饮望昆仑。蓑衣箬笠云山雨，独钓寒江一片春。

卷二　己亥光华

卷三

庚子风云

178. 玉楼春　玉山胜景

半山桥下清流水，邀我临风迎雁对。
画图锦绣是农家，薄雾堂寒烟树翠。

扁舟曾驾青山背，日落清江云壑媚。
挥毫泼墨此春时，影动光摇无尽味。

179. 浣溪沙　昆山华藏寺

宝殿金光水蘸空，鸣禽声里卷云风。
花坛烟树有无中。

香烛明堂凝紫气，诚心佛国走西东。
玉山春色染天红。

180. 雨霖铃　江南好

春花红了，一时开遍、万岭千坳。
纷纷叠叠花瓣，凌波逸致、啁啾灵鸟。
古巷依然、似在等山翠歌晓。
绕碧水、斗角飞檐，暮暮朝朝说佳妙。

东风醉指斜阳道。

柳翩跶、十面清波浩。

亭台雨阁烟榭，飘渺处、有情难老。

望断云山，浅黛横流玉滴香袅。

是窈窕、无限风光，笑赞江南好。

181. 七律　迎春雨

雾霭沉沉填莽壑，茫茫春色在城垣。
雨霏但作风流客，花好知为倜傥颜。
雁影无愁凝碧水，玉山有笑入轻烟。
壮心未与时俱老，迎面相逢赞又年。

182. 蝶恋花　望春花

细雨萦风花溅泪。

再过烟流，又见苍山翠。

欲借柳绵描妩媚。

浓妆淡抹应无味。

自古逢春人似醉。

却道年来，消息相牵坠。

老树前头重聚会。

多情总是无晴佩。

183. 鹧鸪天　大别山二首

一

客路青山踏旧村，杏花但似雪纷纷。
忽惊春到芳枝俏，但看云连烟树亲。

风欲醉，水先皴。野遗珠泪草边心。
隔窗观蝶翩翩舞，蜂乱时时落满襟。

二

问酒行人欲向前，遇春泉涌小桥边。
桃花似海纷如醉，香粉如潮倾似缠。

珠滴翠，水萦山。茂林叠秀自悠然。
晴光催柳追莺住，嫁得东风佩玉环。

184. 鹧鸪天　雨中访春溪

新柳娇莺恰恰啼，草长无可踏尘泥。
蓼风自在歌香岸，燕影飘摇坠舞衣。

心已醉，雨还迷。探春迎面但如伊。
渔樵遇问今来意，一片乡心在小溪。

185. 鹧鸪天　春雨农家

春雨飘飘浸绿纱，殷勤劝我到农家。
酒酣对饮山先醉，曲啸长欢湖可夸。

依碧水，筑篱笆。犬鸡竹下卧清沙。
桥连大路风吹麦，情比天高五月花。

186. 回乡七首

一　浣溪沙

一树琼花雪满园，斜风吹浪燕声欢。
亭台绕水作春寒。

少小不怜憔悴客，老来偏爱夕阳滩。
人间乐处是超然。

二　玉楼春

行车坦荡回乡路，谁使烟花还满树。
莺莺相见喜街邻，婉转声声枝上语。

新村古庙家何处，流水行云依旧住。
提壶买酒沽春时，来伴斜阳芳草暮。

三　浣溪沙

陌上青青碧水平，东风杨柳镜中清。
云轻天阔涌乡情。

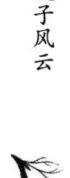

走过千山回望眼，江河代代佑神灵。
相逢一笑景如屏。

四　鹧鸪天　观桃

谁借东风着力催，惜花已去剩桃枝。
留香粉黛残花在，如醉仙人倚枕时。

吹叶绿，照心驰。问春今我可来迟。
多情最是春芳处，独自徘徊任笑痴。

五　南乡子

柳岸衬霞红。
碧水如眉正似侬。
轻浪行波真莫怕，春风。
点点吴山隐隐空。

风景旧曾逢。
留在心间必暗通。
但许灵犀双比翼，风中。
唤我乡魂又一重。

六　菩萨蛮

春风燕燕花溪满，双飞来去声声暖。
潋滟逐波清，人间澹澹明。

芳茵花胜酒，香挽斜阳柳。
莫叹短相逢，留眸山水红。

七　七绝　故乡春街

故乡总是梦中游，每遇春时竟夕忧。
为羡缠枝唱歌鸟，来游傍水老街楼。

187. 鹧鸪天　谷雨时节雨

谁胜清风谷雨时，晨寒雨湿柳新枝。
绿纱丝润栖青鸟，百尺楼高映碧池。

观美景，看英姿。虹桥飞架惹人痴。
青山放眼东流水，回首参差十万诗。

188. 江城子　暮雨后

翠流轻上雨逢寒。
再晴天，水云间。
梅子青时，珠泪遍千山。
转眼春空花事散，天满锦，暮声喧。

绿萍池沼絮阑珊。
逐轻烟，对高轩。
诗酒年华，看水映霞残。
闲赏鸥飞和落日，人不醒，似神仙。

189. 浣溪沙　江南小城玉山夜雨

清伴孤灯守古城，夜阑听雨俏无声。
落花流水任飘零。

娇媚江南情暗许，玲珑娇态最轻盈。
玉山美色画难成。

190. 谢池春　昆山春

山水昆山，依旧繁华铺路。
话宏图，春潮以赋。
新楼雕砌，舞江东门户。
震天高、似闻箫鼓。

徘徊朗月，暗向人潮流处。
漫飞鸥，行歌吊古。
扁舟沉醉，唱天空云树。
说功名、此山清露。

191. 庚子春日偶得二首

一　鸢尾花
湖上清风款款来，仙花落在水中开。
蘸霞灿烂安如许，只为伊心照故台。

二　杜鹃花
风和四月暖晴天，拂柳溪边看杜鹃。
流水无情花有意，誓将红紫诉人间。

192. 渔家傲　阳澄湖夜

夜色朦胧星去远，
只教月向阳澄晚。
风景如斯清水浅。
　　连霄汉，
縠纹款款歌眉眼。

清酒一杯香溢满，
粲然回首绢花绻。
酣咏人间惊有燕。
　　杨柳岸，
悠悠弹奏佳人范。

193. 浣溪沙　月季花

回首嫣然胜牡丹，再无思念向花前。
红妆斜照古桥边。

开合何须风雨注，娇羞闭月泫波澜。
樱桃小口惹人怜。

194. 浣溪沙　晨风清

霞染园林悦鸟鸣，小楼花绕正风清。
气蒸云梦瀚天明。

晴翠流芳飞絮雪，葡萄涨绿滴珠情。
此间晨色最倾城。

195. 青玉案　"五一"节快乐

清风雨后垂杨路，
且目送莺飞去。
五月来时芳与度。
小楼雅苑，鸣琴朱户，
燕舞花明处。

秀峦叠翠笙箫暮，
和畅惠风暗生露。
景色应题人笑许。
一江风月，几多花絮，
趁此江南雨。

196. 浣溪沙　新桃

翠盖风中抱细绒，新桃枝上蘸霞红。
重摇光影刺天空。

娇满小庭如梦美，情生曲苑似伊浓。

犹今妩媚眼眉中。

197. 蝶恋花　玉山立夏

雨过玉山江水寂。

江上行舟，夹岸花如洗。

水色连亭迎鹭戏。

天空处处欢呼意。

心欲乘风行万里。

看遍晴山，花又多无计。

荷有蜻蜓立晴碧。

山歌淹没青螺髻。

198. 七律　燕燕飞

燕子飞时天欲暮，晚霞初绽一天空。
阑珊春色还依柳，隐约花颜已改容。
月上留君嫌酒淡，云来入夜却情浓。
此般风景何常有，只在如今岁月中。

199. 鹧鸪天　浮萍

空有凌云志满湖，但无点墨一生浮。
学人常做三更梦，伴月难熬子夜书。

生浊水，举清珠。奈何根浅叹蹉跎。
天涯漂泊催颜老，混在人间正若余。

200. 江城子　暮雨后

风来雨过玉山颠。
夜无边，水云间。
天上来仙，策马走轻烟。
雨后销魂灯似昼，歌一曲，共婵娟。

谁留关爱在人间。
月如盘，正轩轩。
波色无边，光影自相牵。
多少年华随夜去，人不寐，水潺潺。

201. 木兰花令　西山枇杷熟了

太湖水碧风吹动，湖上清波如睡重。
枇杷熟后鸟飞还，相挽农家金玉梦。

一坡美景伊曾宠，还照人间天地涌。
当年与我看花人，老去而今无一共。

202. 陇西纪行五首

一　鹧鸪天　甘南（其一）

古刹光开景自明，山花妩媚笑相迎。
行车客路牛羊伴，踏草朝歌蜂蝶惊。

追去雁，望重城。玉门关外莫高宁。
今生有幸游南北，看遍西东总是情。

二　鹧鸪天　甘南（其二）

五彩哈达挂满枝，长空雁叫觅相知。
停看云卷云舒去，行到山高山尽时。

金凤阙，玉龙墀。与风来探锦天池。
碧波有似殷勤酒，且向花间乐小诗。

三　蝶恋花　敦煌

沙海柳泉花韵切。
驼影天高，玉管声幽咽。
宿酒惺忪风未说。
怎教与佛轻言别。

万里空吟珠露结。
莫窟重来，只为当年月。
往事依稀春不歇。
敦煌一夜惊时节。

四　诉衷情　嘉峪关

胡沙万里觅封侯。雄杰镇千秋。
风尘还掩明月，灯火照凉州。

斟美酒，看云流，念天悠。
古今征雁，铁马流河，到此回眸。

五　鹧鸪天　再别兰州

尘世功名若等闲，是非成败转头间。
来时河上云随棹，归去琼楼月映天。

风不语，水轻潺。有君能共与青山。
悄然别过无音信，再踏杨花又一年。

203. 鹧鸪天　夏夜

天上星星地上游，一湖碧水向东流。
山高月缺终难见，云住花眠不胜收。

人久久，爱悠悠。乡思不倦值回眸。
重归故里谁相伴，入夏清风夜色柔。

204. 七绝　迎夏二首

一　忆访茅台古镇

吹面难眠酒曲风，闻香品韵古街同。
小城水碧行天马，醉在风花雪月中。

二　无题

竹内虽空中有节，云高万丈但无香。
前途本是相逢好，莫趁钱多说短长。

205. 七律　夏晨

晓来风浅在云边，花艳因风驱散烟。
云淡未随飘远处，香浓还落入幽帘。
惜花有信无由得，恨月无缘有影缠。
人说情多心易累，多情唯我独凭栏。

206. 南乡子　忆伊犁春

花海莽苍苍。
云水天涯两杳茫。
别有人间红绿处，芬芳。
须记东风透骨香。

尽管是他乡。
也照山河日月光。
醉倚云霞君莫笑，轩昂。
南北风流一满腔。

207. 七律　酒夜

清风与我说花香，我醉杯空觉夜凉。
山影幽深露清淡，林声肃静路幽长。
江边埋怨云天月，城上徘徊草色光。
今夕何时何处在，眼眸难辨万家窗。

208. 临江仙　唱流年

漠漠云天连海阔，迎风啸唱流年。
奔腾岁月指弹间。
我歌烟树下，我笑夕阳前。

凌乱光阴和鬓雪，相逢约在云边。
人间风雨几重天。
花开花会落，唯学月安闲。

209. 七绝迎夏五首

一　雏燕飞
花风萦动雨催红，绿水清波味正浓。
燕子飞时双影去，雨花湿我眼朦胧。

二　窗台花
迎夏含羞独自开，风吹雨打在窗台。
莫言花老无人识，香艳依然入我怀。

三　村夜
豪雨连天入夜清，吴中荷色待星明。
浣衣新到农家女，溪上蛙声可静听。

四　重逢
那年一别酒千盏，风雨江湖才几春。
今日重逢卿福旺，再逢怕是陌生人。

五　忆游草原
策马阴山草正青，碧空万里放天晴。
乘风可上云宫殿，俯看长河九曲城。

210. 雨中花慢　醉了人间

今夕风清云淡，月朗星轻，人自无眠。
　　信步曲桥廊下，影自留连。
见阁端庄，高飞入宇，为我依然。
正玉阙带水，芳菲有爱，恰是家园。

青山未老，韶华情注，真切还酹江天。
　　何必问、往来岁月，淡淡如烟。
　　灯火辉煌梦境、来来去去经年。
　　幽香纷拾，百花争艳，醉了人间。

211. 鹧鸪天　清香篱落黄昏后

天上云轻风任裁,游人流恋旧亭台。
清香篱落黄昏后,归燕情歌柳岸来。

庭静美,曲徘徊。月寒宫殿桂应开。
斜辉盈袖销魂在,莫问相逢该不该。

212. 鹧鸪天　情知别后少人欢

红日东升霞满天,绕枝彩蝶舞蹁跹。
绿杨芳草长亭外,清影轻风玉树间。

凭水去,任烟残。情知别后少人欢。
闲看花散空无数,总盼相逢似少年。

213. 鹧鸪天　故里行

照影红妆蝶舞欢,熏风带影到乡间。
桥连柳渚清波岸,情俏莺歌曲苑烟。

云渺处,气冲轩。酒阑纨扇指新天。
故园亭畔人来往,争向晴川上画船。

214. 木兰花令　暮雨中

东风吹柳长亭路，知是人间离别处。
凛然苍岸复森森，邀雨摧花伤冷木。

渔樵醉饮江边住，笑我雨狂人未去。
青山作伴对潇潇，何恨归来天已暮。

215. 水调歌头　山上起风雨

山上起风雨，山下水连空。
知花正爱，窗口绽放映人红。
须记江南烟色，还枕亭台丝柳，缈缈有归鸿。
却道光阴迫，万里盼瞳瞳。

望朱阁，看流水，苦难逢。
心妒翩跹白鹭，更伴信天翁。
安得彩鸾闲驾，玉宇乘风踏浪，一笑逞英雄。
谁解醉翁意，山水有无中。

216. 南乡子　亭林公园

晴翠接云天，山涧荷风卷画帘。
江畔春秋多少事，潺潺。
犹自亭亭带笑颜。

义字在心间，我与先生真有缘。
襟插花枝人未去，拳拳。
应是情浓在此园。

217. 破阵子　夏色

昨夜风吹雨骤，今朝曲苑荷花。
仙子凌波倾国色，长绕回廊如戴纱。
小桥听浪哗。

坐看山青水碧，一杯嫩绿清茶。
何必长眠追旧梦，可把炊烟付月华。
江南是我家。

218. 古风　端午回家乡

雨涝江南水满溪，玉黍疯狂果浆肥。
三更惊走邻家犬，晨看双燕穿花飞。
欲取清酒来一醉，黄儿绕膝牵我衣。
炊烟袅袅连芳晓，紫气浩浩接古道。
乡音自可慰风尘，故园苔阶忙剪草。
捉鸡还应亲上前，粪土染身君莫笑。
山歌农妇说与闻，岂知我亦写歌人。
学荷倾城真国色，不负清涟一腔心。

219. 鹧鸪天　野钓

芳岸萋萋绕白鸥，花枝情俏上心头。
晴空素练随风去，碧水浮萍枕翠流。

天意弄，夏声幽。趁闲垂钓似仙游。
人间哪得光阴好，野钓时时美景幽。

220. 鹧鸪天　阵雨后

雨去匆匆点点花，南风会意不惊她。
窗含山色无中有，云绕青螺有中奢。

怀旧事，在人家。沉沉岁月走如筏。
清江流水奁妆淡，胜过明前一盏茶。

221. 行香子　雨卷荷花

雨卷荷花，山舞清风。
问天不语景融融。
天涯咫尺，何日相逢。
望穿烟水，与谁说，有情浓。

晨凉难醒,朝朝贪梦。

醉生华发眼蒙蒙。

不应有恨,老已来拢。

念君娇媚,真个是,在心中。

222. 鹧鸪天　豪雨中

烟树苍茫墨色空,雨沉侵路势如虹。

隔帘万滴惊心上,抬眼千堤淹水中。

天欲坠,鬼相逢。女娲后羿岂能拥。

呼风使雨吹将去,更念人间大禹功。

223. 鹧鸪天　连日暴雨后,今日暮时天气忽现晚霞

天气新晴沐晚霞,夕阳笑靥远山斜。

迎风看水多凉意,听浪传情卷碧纱。

娇若尔,美如花。有心妆点此渔家。

人间风景应无数,遇此玲珑先上茶。

224. 鹧鸪天

雨注天低三尺三,摧花折柳卷泥丸。
沉沉万嶂狂风里,岌岌千村累卵前。

闻雁去,恨风翻。从兹不肯住江南。
问天哪得无情水,带给人间伏夏寒。

225. 七律　晴日

天念孤心遍是伤,一湖风雨致清凉。
因花有醉情非浅,惜酒无逢夜太长。
明月为欢追往事,人间应喜得霞光。
但将酪酊酬晴日,我意同君立夕阳。

226. 行香子　静夜思

大雨倾盆,再落江南。
一枕凉风夜难眠。
问天何意,庚子今年。
水色浓浓,檐声乱,夜茫然。

昏沉老树,雨中垂首,幽魂零落在人间。
街灯照影,心事何然。
再说江南,今夕雨,正难安。

227. 鹧鸪天

因爱江南带雨娆,幽幽街角赏凌霄。
人家巷里芭蕉望,雨滴声中翠色高。

行雨巷,望虹桥。一湖烟自乱飘摇。
廊心仿佛央人住,不枉乡情如涨潮。

228. 望海潮　夏雨后走乡野

长堤荷翠,雨停情茂,草青暗唤芳华。
金雀画船,清风曲苑,悠扬丝竹鸣笳。
鸥鹭醒滩沙。
看浪翻玉蝶,水绕人家。
巷陌连桥,何曾忘却雨交加。

流风野渡溪花。
却如眉似水,姿采无瑕。
幽舍林森,层层叠叠,当真疏淡披纱。
风景可堪茶。
此风和日丽,人见人夸。
一片花声,更随流水到天涯。

229. 定风波　梅雨过后游晴园

溪带山光婉转风，紫薇映日绿荷中。
花坠纷纷山入画，莫怕，有情夺目正浓浓。

碧叶嚼珠犹未乱，点点，教人休道去匆匆。
邻座女郎安可问，缘分，敷衍只得说相逢。

230. 渔家傲
梅雨过后众友相聚山阁欢饮，记之。

抱月青山英气伟，玉杯有意留人醉。
　　四面水光奇趣味。
　　佳人媚，笑谈今古披霞帔。

夜放花灯山更翠，都言今夜无人寐。
　　梅雨落时花溅泪。
　　天为最，一江雨去风光美。

231. 满江红　毓秀昆山

毓秀昆山，云起处、夏声谁敌。
　　看芳阁、掩流叠翠，今非比昔。
万户堂前双燕舞，卷帘巷口喳喳唧。
　　玉花开、香起唤相思。
　　　甜如蜜。

月光满，人如织；

山依旧，曾相识。

更风荷曲柳、染霞朝夕。

落日放歌连海色，清江流水横银笛。

浪奔腾、为我唱婵娟，风雷激。

232. 一丛花令　谒昆山马鞍山宋词人刘过墓有感

山花带笑似回眸。

一夜雨声愁。

登山汗湿轻衫透，踏花径、转阁寻幽。

追古抚今，临峰对碧，倚石怅无由。

阑珊烟色过荒丘。

刘墓枕清流。

风华岂敌时光老，万千情、留付花柔。

名就万家，愿心已了，从此又何求。

233. 鹧鸪天　游园

山色依依入画屏，清流重作《醉歌行》。

味酣何怪来风雨，雨去无由念燕莺。

人未老，赋平生。因花更得照溪明。

若天有意留山翠，尽享人间仲夏情。

234. 鹧鸪天

仲夏夜饮后难眠，记之。

曾占风光一满江，沉思几许有谁量。
怀君已去余空望，趁夜还来独自扛。

徒不寐，怎留香。追云可否忘忧伤。
心花若得如潮水，便使年年人久长。

235. 七律　夏四首

一　诗江南

青涩池塘风景娆，玉荷夏色几枝高。
燕双欲比花光影，蜓小寻常细柳腰。
钓叟锦囊藏诀窍，采莲歌调绕虹桥。
白云载影追风去，毓秀江南水上飘。

二　夏晨聊记

晓开明镜长堤月，花褪残红一点风。
三夏热潮当自卧，十分怅绪赖人慵。
今朝有酒扶墙醉，明日无钱赏夜浓。
漫说清宵闲趣少，随伊入梦到云中。

三　高温里

野径红花珠露含，绿荷笑举湛蓝天。
苇和山影随波色，湖静水流奔碧川。
一夜相思无旧月，卅年回望有晴滩。
等闲识得清风面，还忆当时真少年。

四　昆曲

《浣纱记》里西施泪，曾满当年吴下城。
古荡村头风细细，绰墩山畔水盈盈。
丛花散淡经风雨，雅韵玲珑暖燕莺。
此曲只应天上有，至今犹唱《牡丹亭》。

236. 鹧鸪天　台风中

尽日乌云连远楼，襟风带雨一天稠。
浪涛崩散飞无絮，鸥鹭沉吟落在洲。

山伏影，树低头。潇潇斑马乱中游。
荷堤滚滚长淹水，隐隐千村烟自流。

237. 满庭芳　暮游玉山颠

欲上云端，临风高阁，观城星夜风光。
暮灯初上，添彩水霓裳。
遥想当年学子，人家巷、风雪寒窗。
年华是，诗书万卷，锥股尚悬梁。

苍茫。
星尚少，虚檐转月，休说平常。
望天赶潮人，爱恋霞妆。
借问青山绿水，曾几有、不老行囊。
乘风去，追云驾鹤，一夜到高唐。

238. 立秋后四首

一　七绝
幽明霞色残花落，枝乱蝉鸣叠伏秋。
清涧行人云望断，听风在水到洲头。

二　七律　望秋
暑热高天滚滚流，一腔烈火洒重楼。
情知淡淡轻含露，意会炎炎重盼秋。
落日向波添怨恨，残花伤目遍忧愁。
汗眠憔悴无人晓，浊酒相酬岂可休。

三　五古　又望秋
白云青山度，醉作长空舞。
吟秋又一回，天高任穷目。

四　七古　为年华似水
一杯浊酒解暑忧，老气横来欲成秋。
可否斜阳我先醉，天涯莫道不可游。

239. 七律　酷热
炎炎日上满城愁，碧落云来难枕秋。
颓笔豪情千点散，连天暑气四边流。
风干花影南朝寺，心系桥头东水舟。
望远思君安可忘，几番踟蹰又登楼。

240. 鹧鸪天　处暑

暑色依然连九洲，风雷含笑不言秋。
山花留影横襟袂，江水还歌带浅流。

霞似醉，暮如愁。清波载鹭唱渔舟。
翻飞渐去声何在，刺破青天向远游。

241. 鹊桥仙　夏末之夜杂感

清如宁夜，云飞星汉，钩月一湾暗度。
喜风吹过暮青山，便醒了、琼英无数。

苍天未老，怀秋已久，滚滚情多似露。
秋来黄叶满天飞，更无数、霜花深处。

242. 七律　看风起云

风云欲奏潇湘曲，山海翻腾四季情。
秋色来无尘点点，夏荷去有水清清。
卷帘可作城头望，吟韵非难雅调迎。
我为年华添一笑，鬓如霜雪又何惊。

243. 望海潮　今日出伏遇七夕节有感

天行云海，山呼风落，怀思七夕难收。
遥望碧空，郎情妾意，鹊桥相会娇羞。
昨夜月如钩。
叹年华似水，曾驻心忧。
水舞鸳鸯，乱分波色到洲头。

清辉飒爽田畴。
正千花万树，情诉悠悠。
追影觅踪，江郎渐老，鬓霜英气无留。
自笑酒常求。
若得天独爱，岁月相谋。
便借流年，牵风挽雨看花柔。

244. 七律　无题

暑色流连风不肯，卷花落去静无声。
一天云散终为客，满目光还尽照城。
秋渐向人抛媚眼，花犹思夏送温情。
莫将昨日离分泪，化作轻烟付远行。

245. 虞美人　初凉

风微月夜凉初透，往事更深后。
堂前花影旧时娇，还照玉人笑脸说花娆。

曾经双燕檐边去，别后安曾遇。
欢颜莫道恨秋风，待到山花烂漫盼重逢。

246. 七律　绵雨中

雨落成秋暗泛光，横风吹面已清凉。
念君远去天边影，送夏空余檐下窗。
怀想流连星夜短，相思难断藕丝长。
看花凌乱如思绪，只有香烟绕满堂。

247. 望海潮　暮游初凉

秋来无际，有情难了，清风暗换年华。
山涧水悠，青峰阁渺，依然环绕鲜花。
风景在家家。
更霓裳蝶舞，暮醉风斜。
残柳垂头，丝丝仿佛织轻纱。

临峰极目斟茶。
望繁城灯火，思绪交加。
年少远行，光阴恨短，何嫌大漠黄沙。

朔北射昏鸦。

但风华岁月、俱舍天涯。

回首今朝，襟风戴月只云霞。

248. 七律　人间秋

黄叶飘零又是秋，远山遥望总添愁。

千辛万苦如登月，一步三摇怕上楼。

癸卯还思几年久，人生将得六旬游。

东流溪畔长相忆，何忘曾经伊眼眸。

249. 谢池春

难忘恩师，浩荡春风花苑。

苦心人，烟燎夜半。

云如双鬓，似梨花开遍。

别人间、再无神健。

功名何处，只乐书生无憾。

送年华，番番柳岸。

声声轻唤，盼徒儿霞畔。

苦今来、与师难见。

250. 望海潮　相与慰风尘

念霜无迹，恨秋迟到，转头月已无痕。
花老叶黄，风来色褪，丹心欲借还魂。
　　看云翻天阙，鼓角如闻。
　　岁月番番，须知来去不由人。

　　　　星光落寞纱门。
　　正远山暗影，昏睡沉沉。
今夕与谁，流觞说古，壮怀共忆青春。
　　　　相与慰风尘。
　　笑平生志短，少有知音。
　　愿得西游，梦随辽阔去追云。

251. 七绝　昆曲小镇四首

一

白露凝眸可了愁，凉风浅试说知秋。
紫薇一夜黄粱梦，雅韵还留曲苑楼。

二

虹桥照影水清清，疑是银河落月明。
樯橹声连古风巷，乡音还掬故园情。

三

凉卷西楼听雨寒，远山孤寂去鸿缠。
残荷衰叶花声静，秋颖何来续旧缘。

四

篱落红花笑闭门，声声促织送黄昏。
秋风一夜行千里，卷浪桥边泣鬼神。

252. 卜算子　登高怀远

溪水不言声，唯照青山影。
喜有山花独自开，诉说无边景。

抬眼望长城，云卷天高岭。
秋色巍巍尽日风，重上云中顶。

253. 乌镇三首

一　夜记

枕水无眠冷月光，彩船还锁夜风窗。
一江秋雨悠悠去，如画诗情款款长。

二　乌镇大运河白莲寺

白莲塔下草青青，荷色残依待月明。
越调悠扬传两岸，至今犹念运河情。

三　葱莲花

葱莲润雨开，辉映往秋来。
谁说光阴短，年年入旧苔。

254. 鹧鸪天　秋雨重来时

远望苍山雨渐泓，湖边岸柳挽流风。
空怀心意难成醉，乱点鸳鸯更易逢。

回首短，去时匆。沧茫水色景朦胧。
人生若得长相顾，应有生涯情最浓。

255. 七律　阳澄湖秋八首

一　次毛主席《七律·人民解放军占领南京》韵，喜迎国庆中秋

江南秋雨起苍黄，亿万银丝洒大江。
湖景真情今胜昔，英雄豪气慨而慷。
水珍国庆非穷寇，闸蟹中秋是霸王。
天道有恒天未老，阳澄湖畔说沧桑。

二　步毛主席《七律·长征》韵

鸳鸯戏水掩波难，雁去行行秋色闲。
山影逶迤花细雨，银湖磅礴浪清丸。
夕阳暮醉连霞动，晓露晨醒作夜残。
国庆中秋千里客，一尝虾蟹笑开颜。

三　步毛主席《七律·到韶山》韵

挥洒光阴如逝川，秋来又向故园前。
酒旗卷起千重浪，闸蟹奔腾万马鞭。
南北英雄情大地，西东豪杰志云天。
乘风可驭年年雨，还驾江南岁岁烟。

四　步毛主席《七律·登庐山》韵
一湖秋水共无边，婉转渔歌几万旋。
舟重含情连世界，花和微笑向青天。
湛然影动飘云鹤，浩荡辉流送紫烟。
跃起蛟龙三百万，浪花今拾可妆田。

五　秋分致南京四牌楼八〇级同学们
——步毛主席《七律·和柳亚子先生》韵
友情经久岂相忘，却道秋分叶渐黄。
四十年华向明月，八千子弟试文章。
红楼旧舍犹难忘，碧水丹心可丈量。
为学功成在名世，举桥横渡跨长江。

六　步毛主席《七律·答友人》韵
天高水碧任云飞，白鹭乘风向翠微。
雁去一行山落影，霞来万朵彩沾衣。
季鹰未老思乡味，泰伯还温辟地诗。
我醉斜阳在寥廓，吟花抱月借秋辉。

七　步毛主席《七律·冬云》韵
云卷晴空白鹭飞，风和秋色雁行稀。
斜阳一笑相逢醉，金桂千香容与吹。
戏浪安知多虎豹，驾舟何怕遇熊黑。
天高任洒流霞暖，爱此江山岁岁奇。

八　秋吟
澄碧云天意正浓，一湖秋色满亭风。
登楼兴致无非月，借韵佳吟却是龙。

寥廓江南多秀色，悠然岁月有征鸿。
今朝酹酒随花溢，梦遍青山世大同。

256. 踏莎行　感秋

气爽天高，远山沉睡，风吹霞染纷纷醉。
重逢惜忆别离时，迎秋知是光阴贵。

漫说金樨，花开妩媚，凝香暗逐郎心会。
乡魂洒落遇秋时，乡思可问丛丛荟。

257. 鹧鸪天三首　秋之亭林园

一

山影涵秋风转凉，金樨枝满水添香。
溪亭双落排云殿，玉露清沾在月窗。

天碧碧，菊煌煌。青荷依旧照华廊。
此般风景如花好，更记情高与水长。

二

飒爽逢秋何必忧，清风磊落笑人愁。
倚峰可铸屠龙剑，看水能吟醉景幽。

如画美，感心悠。花溪流水赏无由。
山光未伴年华去，不若君来任自游。

三

花影秋光共水长，亭林园里有风凉。
文心追古争言菊，神笔悠然比画梁。

波有韵，水无恙。人间哪得许多伤。
当年明月今何在，犹挂青山梦汉唐。

258. 秋望四首

一　长江浏河口观景遇雨偶得

茫茫水色大江开，滚滚风云卷浪来。
若是天空知我意，便留明月照高台。

二　欣闻老同学投资海港落成

同学相逢南海边，翩然海港落人间。
宏图知是君来画，胜却三春锦绣天。

三　兵马俑

心如钢铁志云天，战士横刀向敌顽。
六国征程声漫漫，归来笑饮血衣寒。

四　故园秋怀

天地怀风月冷驰，轻吟醉笑梦中痴。
故园此去三千里，夜桂香醺正上时。

259. 七律　昆山亭林园三首

一

风回池碧漾清波，荷色消融蝶梦多。
峰岭来秋依茬苒，山花带笑说婆娑。
潺湲声伴歌浮水，威武林深涧影坡。
吴下风光今古在，独怜此秀不蹉跎。

二

玉峰文笔穿花蝶，啭鸟清幽绕彩亭。
溪影缠枝风暗唤，庑廊连榭月明倾。
凭秋时转空山色，念夏光开照鹿城。
望断长淮关塞劲，江南声悄水中星。

三

菊向天开犹自笑，云来圆舞漫秋光。
无情安伴轩窗老，有念曾嫌暑日长。
山色葱茏知岁月，亭台幽静吊华章。
若君乐意歌炎武，应记今朝正暖阳。

260. 永遇乐　喜迎国庆中秋双节

四海风秋，欲眠难寐，诉天深处。
庚子奔流，疫情迷乱，强敌丛中虎。
斜阳霞帔，如花怒放，凝望有翁曾住。
指方向，银河北斗，谈笑转瞬今路。

共和梦想，千秋功业，尽显中华风骨。
霜露年年，烟波岁岁，明月来重去。
今宵回首，故园依旧，一片祥和社鼓。
了心愿、山河壮美，可堪曲赋。

261. 庚子国庆中秋双节六首

一

月映江波迎晚秋，清风荷露彩灯楼。
立窗共月风霜暮，今夕秋光一剪愁。

二

香桂薰风送夜寒，中秋冷月照人前。
故园四十余年后，心醉何须伴酒眠。

三　庚子中秋夜致敬为我们守护安宁的将士们

明月照边关，高原不觉寒。
家乡亲有待，君载誉回还。

四　残荷

春光曾照绿荷丛，引我三生景仰中。
花去时光从未老，残荷依旧笑秋风。

五　登山

飙歌向暮山，高处入云端。
我欲凌风去，何言醉酒寒。

六　昆山亭林园昆曲纪念馆

昆曲有百戏之祖一说，昆山人引以为傲。

高台依旧人何在，情到深时百戏留。
昆曲曾经陈世美，惜今已去剩空楼。

262. 七律　庚子国庆中秋节有感

山怀壮志未曾说，雁叫长空声入云。
非是清秋风带绪，实为朗夜月无垠。
情留天阙曾千种，爱在人间更万分。
今日相逢还未醉，笑君劝酒不殷勤。

263. 减字木兰花　湖边

风轻云淡，翠树掩桥人不见。
桂色环楼，说是金花八月秋。

乡思如故，今日黄昏无陌路。
欲挽清波，入梦香甜戴绮罗。

264. 七律三首　庚子国庆中秋双节后

一　夜雨中

听雨侵楼一夜声，是秋有悔泪全城。
含馨花影深庭在，怀古亭台近水横。

风浅清来凝彩色,更残轻起伴孤灯。
无情最是曾经月,醉后犹如落照明。

二 赠别

言别西风卷水廊,浪涛暗咽诉离肠。
行舟四海家千里,望月中秋梦万方。
双鬓年华生白发,孤舸烈酒怯情郎。
今朝重醉又重别,一片丹心空晚妆。

三 江上

江落清风好个秋,故园君去使人愁。
失魂情怯还留恋,回首伤多久感忧。
枫叶虔诚水边立,云霞散淡景中游。
一更未梦三更梦,夜夜光阴任自流。

265. 南乡子 清秋夜

入夜已微寒,心伴更声等月闲。
凝望流云天上过,星边。
如诉深情似水潺。

往事照无眠,趁夜番番到眼前。
月影涵秋人有约,欣然。
曾几思伊梦万难。

266. 七律　贺深圳特区设立四十周年

擎天伟业世无同，一顾回头四十雄。
南海潮奔风景好，年华笑伴碧云重。
男儿立志何嫌晚，家国追怀不计穷。
摸石过河人未老，天公抖擞赞蛟龙。

267. 谢池春

重阳日前长江浏河口观景随记。

汩汩西风，凌乱我心藏梦。
叹年来，流行疫病。
光阴飞逝，只烟花如迸。
看斜阳、映峰和岭。

长江滚滚，载去吴中风景。
望天空，茫茫雁净。
涛声无际，伴重阳孤影。
盼霜回、更多风劲。

268. 秋思二首

一　七绝　羁旅

西风黄叶湛金秋，庚子年来未可游。
家在长城归不得，与谁能再说无忧。

二　五绝　晨曦

晓日明心志，晨曦挽老身。
谁知霞色里，秋已着花痕。

269. 七律　夜归

一钩明月似君心，难了当年未了因。
孤影清随风款款，流云暗度夜深深。
亭连旧阁知秋意，星落微波印酒痕。
宿鸟惺忪有知否，风光不倦晚归人。

270. 悼中国人民志愿军英烈们

赴死岿然壮志多，英雄儿女踏烟波。
环球地动伤花泪，鬼泣山河悲以歌。

271. 江城子　迎庚子重阳随记

悠悠岁月又重阳，上山岗，见枫央。
　　不老青天，银杏已微黄。
溪水淙淙迎落木，心有伴，喜洋洋。

韶华虽去不忧伤，得花香，值思量。
　　极目云中，吟啸也无妨。
心挽吴钩情待了，如满月，气轩昂。

272. 鹧鸪天　看网友大作有感

诗友繁文花笔新，行云流水感人亲。
左邻描画西山菊，右舍安吟东海珍。

天久久，月沉沉。山河锦绣入家门。
如花一放倾城醉，尽得中华诗韵纯。

273. 七律　重阳节里感重阳

小城夜放万花门，夜半无眠疑是春。
霜鬓长随来有印，年华暗度去无痕。
卅年憔悴颜如碎，一笑茫然谁惜闻。
安借重阳空好月，千杯万盏长精神。

274. 念奴娇　忆 2018 年 5 月驾车过风陵渡

风陵渡，潼关以东晋豫交界处黄河古渡，历来为兵家必争之地，风景秀丽。现建有黄河大桥，仍为晋豫陕交通要道。

暮连五岭，夕辉长、河上春波斜潋。
鸥鹭轻翔迎落照，回望芦风铺岸。
霞薄天高，英姿飒爽，似赞男儿健。
追云怀古，一时春色无限。

风陵渡口风光,诉说流年,几许情思染。

抗战烽烟曾伏虎,犹照英雄花满。

今日重阳,再生怀古,不恨光阴短。

廉颇老矣,但留银发难掩。

275. 临江仙　重阳节后

千里江南清似酒,枫丹银杏吹黄。

秋来无怨晓风凉。

霜飞多少事,倩去枕轩窗。

遥忆当年人尚少,与君笑说重阳。

而今何敢再轻狂。

朝霞依水见,岁月正茫茫。

276. 云边赶鹿人二首

一

青山不改痕,绿水照春心。

若有天涯醉,云边赶鹿人。

二

赶鹿云边两鬓霜,故园十载任秋光。

诗书着意翻心浪,踯躅风中伴雁行。

277. 鹧鸪天　家乡秋

秋色成冢送雁行，天怜人倦一风凉。
落花襟满曾心醉，香韵溪留如水长。

波淼淼，野茫茫。虹桥照影挽霞光。
斜阳妆点千山美，正见眉飞跨大江。

278. 七律四首

一　游枫桥古城

曲巷幽花近水清，金秋天碧说多情。
炊烟渐散庭边去，吴调悠扬阁上迎。
赏景长怀心境好，过桥莫叹酒家明。
几声欸乃风来去，听罢挥毫写古城。

二　怀先生

恩师孙先生曾教余一对联："鲈鱼四鳃，独出松江一府；螃蟹八足，横行天下九州。"今日食蟹，又想起这段往事。

鲈鱼鳃四松江少，螃蟹无舟叩九州。
恩德但如春雨润，音容宛若大师留。
仙风磅礴多豪气，教诲真诚出绣楼。
思念先生人已去，只今余我又吟秋。

三　闲说秋来

霜花霞染在风尘，怜我年来滞雨村。
月绕三更声寂寂，梦添一宇夜沉沉。
光阴荏苒随流水，往事蹉跎合断魂。
半世云烟翻巨浪，感秋重度再回春。

四　蟹乡秋风里

西风暮暮与朝朝，银浪晴滩阵阵高。
得蟹烹茶留故旧，揽秋把酒享清宵。
蜿蜒歌舫如虹照，曼妙琴声似海潮。
曲水流觞歌未歇，怀春何待雪花飘。

279. 望海潮　江南秋夜

云轻空静，流花今夜，星光暗度无痕。
邀月倚窗，山啾以对，千家万籁如闻。
　　长忆旧时人。
　　问英雄几许，心底谁真。
滚滚银河，苍天有语寄归魂。

　　风凉把酒重温。
　　蘸琼楼月色，告慰芳心。
沧海一帆，伴天落日，辉煌自古劳神。
　　回首怅艰辛。
　　但良辰美景，尤在黄昏。
我有柔情，可将秋色化成春。

280. 和友人六首

一

独行未必天涯客，寒夜知归浪迹人。
望月消弭风在耳，情深应有不愁心。

二　题《山村》图

飘飘虹彩落人眸，疑是云梯可上楼。
十月风间飞鹤影，山乡稻熟喜金秋。

三　黄山迎客松

一松挺拔斜阳里，光影参差向晚风。
寒涧生涯苦心志，凛然自与客相逢。

四

四海为家久不逢，月光照路客西风。
心多落寞无穷尽，夜酒伤身恐太浓。

五

晴光老树晴溪水，野径幽园野草花。
山接云颠还落影，应知昆曲入家家。

六

喜有红花蝶恋飞，故园千里此时回。
冷霜凝夜清宵月，情漾波心曾梦随。

281. 七律
——次毛主席《七律·送瘟神》韵

金秋落叶路条条,悠久中华尽舜尧。
送走瘟神人满意,迎来明月鬼撒娇。
天空鸣雁山颠过,云影清波水上摇。
我有晴风今在手,还看谁敢发胡烧。

282. 满江红
——依毛主席《满江红　和郭沫若同志》韵

放眼中华,千年里、逆流曾几。
看宵小、鼠奔犬突,伤天害理。
迷夜会当成梦去,独云安可遮天绮。
正风清、明月照当空,人人喜。

悲秋事,伤满地;声声唤,风雷起。
架长风踏破、野心歪计。
鸿影追云歌四海,锦鲤戏水连千碧。
尽开颜、何待越明年,争朝夕。

283. 醉花阴　初冬暖阳

风景如初晴色暖,云影山巅染。
玉枕暗香寻,幽梦常追,把酒嫌风淡。

几十年来花看遍，最忆江南岸。
今日又微风，若此多情，晚照应天半。

284. 七律　冬初二首

一　亭林园

冬初晴色喜开颜，花草缠绵暖玉山。
银杏千年迎远客，金鱼一瞬化神仙。
枫摇欲染知君好，叶落还飘蘸水寒。
欲赞亭林夕阳里，冷风吹面正凛然。

二　冬初阳澄湖畔夜

湖色茫茫点点灯，渔舟相伴近昆城。
芦风吹皱微醺水，酒意还留烂醉亭。
邀月不回心意在，持螯但赏夜星清。
寒潮柱入天空里，怅与霜花说晚晴。

285. 七绝　亭林园初冬二首

一

冬初日暖影亭亭，山水云天醉画屏。
秋去无痕唯两鬓，光阴霜染但留情。

二

溪带寒光蘸冷飞，丹枫入眼隔难追。
伤怀花色无寻处，且待春风又一回。

286. 六州歌头　昆山

长空望断，晨醒莽昆城。
征鸿去，霞光落，水云横。
悄无声。
但看枫花醉，层层叠，似群英。
三秋逝，弦歌地，放天晴。
银河碧流，直下人间住，笑赞风清。
正亭林故里，风景美如屏。
沐浴光明。
使人惊。

领中华秀，越千载，文明史，一家情。
吴门虎，豪言壮，志传名。
奋飞鹰。
歌以霓裳曲，迎远客，莅嘉伶。
昆冈玉，笙箫剑，展旗旌。
因聚九洲神气，到今日、灿若晨星。
更鹏程万里，纤手握长缨。
袅袅婷婷。

287. 寒风中回乡三首

一

芦花飘散风尘里，浪迹还留昨夜空。
天气转头成梦魇，雾重意恐复霜浓。

二

经年别绪任飘零，欲语西风隔水迎。
何事故园悲画笔，漫天落木不飞莺。

三

风中醉望冷如前，千里画屏山水间。
知有冰封明日在，犹携乡梦一同还。

288. 七律　神州

——次韵陈毅元帅《三十五岁生日寄怀》

万丈高楼气若虹，九洲城上彩霞重。
曾来夕照惊苍树，岂度光阴怕小虫。
水静怜花还秀色，浪滔开胆慕英雄。
连营画角旌旗舞，霜底枫花处处红。

289. 追怀二首

一　七律　游亭林园，惊悉友人祁君噩耗

庭深幽落万花塚，秋色淹留枫叶浓。
檐角如思圆月上，竹辉似浸冷光中。
风和天气知人去，声静廊桥映影重。
啭鸟林峰伤晚照，山河难挽惜空空。

二　鹊桥仙　追怀祁君

故人已去，楼空花散，难说心中震撼。
风来多少泪无痕，了难了、人间幽怨。

柔颜留媚，飘歌如水，往事犹堪画扇。
魂销不过冷风吹，问何问、伤心万万。

290. 鹧鸪天　西风狂

把盏西风对晚窗，转头天气渐非凉。
冬初花尽枝留影，村野人稀月上墙。

星欲隐，夜还长。豪情岂肯半杯狂。
年华似水如烟去，莫待黄昏趁暖阳。

291. 秋山二首

一　山溪野花

野径幽花独可怜，半山难诉在风寒。
若能得日三分暖，便有深情说与天。

二　秋景

晓来谁染霜林醉，疑是黄莺遍地飞。
纵使远游三万里，故园夜梦也常回。

292. 赞新昆山三章

次韵陈毅元帅《梅岭三章》，致敬先烈，缅怀老一辈革命家！

一

绿水青山花几何，重来故地觅歌多。
晓来鸣鸟林深处，夜梦春船载绮罗。

二

江南烟雨莽年年，一派风光如画悬。
曲水流连追旧事，雕栏玉砌富余钱。

三

绿荫芳草隐人家，夕照天边云似花。
秋夜声声重瑟瑟，朝来春雨柳丝斜。

293. 虞美人　冬雨夜

夜阑似许沉思美，巧遇天垂泪。
听风听雨隔寒窗，心自飘零漫漫任时光。

孤灯向夜思明月，应许华清夜。
故园今夕少人来，独酌无言唯恐雪纷飞。

294. 寒风中和网友三首

一 雪竹

雪裹藏风骨，青枝傲向天。
谁言芳草尽，唯我可凭栏。

二 野花

野花幽径独徘徊，冷雨侵身烂漫开。
一任西风与霜后，迢迢似有故人来。

三 望春

先生妙语解风尘，落笔惊风泣鬼神。
芳墨传情堪比月，千秋如涌万家心。

295. 七律五首

一 咏竹

——次韵毛主席《七律·咏贾谊》

竹空有节栋梁才，胸胆开张事不哀。
刺破青天霄汉殿，冲残沧海岸边台。
高云莫怪风中瘦，清影无愁水上开。
勇向番番霜雪路，扎根丘壑惧何埃。

二 和友人

自古红尘累累伤，如秋绵雨落寒江。
冯唐虽老犹存志，李广难封苦断肠。
冷梦还来风景画，离人醉在鬓花霜。
闻君怀旧长斟酒，只影凄然正对窗。

三　送别

一弯冷月挂前川，几度风霜入湿寒。
鸿志成城嫌笔重，归心难暖怕衣单。
送君十里冰花满，携梦千年诗韵还。
人本行舟如逆水，何期伤逝白云端。

四　姑苏城外
——次韵毛主席《七律·和周世钊同志》

西风浩荡不徘徊，转眼丹枫照浪开。
心恋高云沧海去，愿从原野碧天来。
九洲城上歌依旧，异域墙边鬼唱哀。
花落佛音尘土外，风光自是在苏台。

五　忆游台儿庄

谁曾立马伫雄庄，惊落西风冷月光。
壮士捐躯化尘土，男儿流血为家邦。
携来云朵千千洁，相伴山河万万康。
拼却忠诚终抵寇，中华始得气轩昂。

296. 七绝　北国雪四首

一

冰心自在落花中，落花不与此心同。
对风吟雪开心泪，仙子凌风泪朦胧。

二

野山雪满荒芜路，是处淹留浪迹人。
年少无知对和错，光阴匆去了伤痕。

三

北国风光雪冷飘，山河沉醉玉琼瑶。
徘徊银树冰心蝶，洒落人间花似妖。

四

苍翠枉然归白雪，岩鹰威武过长城。
谁将落日许霞晚，长啸西风南口亭。

297. 和友人二首

一　中国远征军

远征万死赴硝烟，战士英魂山水间。
野嶂枯藤凝碧血，至今泪洒伴无眠。

二　林则徐

英雄一世在销烟，恨不相逢在那年。
家国流风真理在，繁花锦绣在当前。

298. 江南枫二首

一　姑苏枫花开

枫叶粲然迎冷来，江南花色此徘徊。
红光扑面佳人在，霜落万家风月台。

二　亭林秋
枫林叠彩满腔心，一树琳琅皆是魂。
亭立寒风山涧畔，丹霞还照往来人。

299. 雪里红三首

一　卜算子
红粉懒梳妆，雪漾颜如珮。
占尽人间冷艳芳，但比晴霞媚。

心底藕丝长，愿共银花被。
幽径无人独自流，多少离伤泪。

二　生查子
红尘点点飞，白雪重重璇。
雪厚觅相知，愿倩风吹面。
本当绣户深，命蹇何生怨。
羡煞卷帘人，一片冰心遣。

三　七绝
几许安闲几许红，雪中点点暗香浓。
如花早放开原野，为有凌云志在风。

300. 清平乐　长城问

雪笼何处，寂寞雄关路。
欲问长城长几许，箫鼓似回空谷。

当年踪迹何寻，依然烽火留痕。
铁马鸣弓破晓，冲杀血染流云。

301. 七绝四首

一　兰花

素心优雅冷光飞，立意娉婷锁月辉。
深涧丛林莽原在，不输墙角一枝梅。

二　金陵祭

金陵城碎铁蹄痕，惨绝人寰从未闻。
鸿志年年三万丈，而今迈步却迎春。

三　老街雨晨

寒雨孤灯念小城，城头在望赶行程。
听凭风冷吹晨雾，还任东流水有声。

四　题莲蓬与鸟图

莲蓬一段青衣事，有鸟殷勤先客忙。
心愿相逢好时节，意将荷色送人藏。

302. 蝶恋花　雪村

雪落人家声渐杳。
非是杨花，枝上春来绕。

长恨寒风侵古道。
芳思愁怨交加恼。

莫怪人间春太少。
萧瑟无端，难使心儿了。
往事萦怀究可笑。
情多应许东方晓。

303. 七律　故园街灯

寒灯重上心缠夜，旧友何来说昨非。
冷月伤怀千载绕，故园逝梦几时回。
波连远影东山月，雨浸黄昏西苑梅。
谁持杯酒听街静，庭清落盏有风微。

304. 七律　忆卅年前游楼兰

黄沙万里碧云天，古国楼台心底间。
佛影随缘还寺院，斜阳依梦入窗栏。
声喧闹市人何去，歌唱梵城魂已闲。
千载空灵幽径在，风尘几许落残垣。

305. 七律　江南欲雪

风卷高旗玉浪翻，满天欲雪暗吹寒。
湖光渐杳无颜色，灯影重来送旧年。
人老江南心可鉴，冬深时节月长眠。
柳枯萎顿冰霜落，梅冷随枝依画栏。

306. 七绝　和网友六首

一　清溪

溪水淙淙迎客笑，笑声渐近调逍遥。
逍遥沱里鱼儿乐，乐到人间暖日高。

二　题红楼佳丽图

满目佳人梦里来，娉婷疑是百花开。
鸳鸯蝴蝶园中舞，喜入老夫春夜怀。

三　北国雪

大地苍茫光冷凝，远山惊与画银屏。
人间仙境缘何在，因有雪花来问情。

四　野塘

残柳依园咒逝川，野塘水碧忆江南。
莫言沉醉山河里，顾影匆匆又一年。

五　江晚

江上看霞花瓣雨，晚红孤鹭共云飞。
随心芦荻纷纷醉，摇曳波光万道晖。

六　寒潮

雪笼今夜冷光中，风动钟声摇影憧。
街暗依然有残梦，未因花去少人踪。

307. 摊铺浣溪沙　题佳人过雨溪图

红伞青山相对秋，佳人着雨过溪流。
暗锁情囊飞别绪，枉凝眸。

还忆孤窗丹桂媚，斜风细雨入花楼。
绣阁香浓深遂夜，眷思柔。

308. 七律　岁末感怀

明月凝辉云半山，西风送冷伴人眠。
怀情有乐皆如酒，笑梦无常总遇年。
旧事何须重洒泪，光阴不舍亦开颜。
夕阳红里迎春福，慷慨豪歌啸九天。

309. 七绝　和网友九首

一　雪村

茫茫北国玉琼瑶，何事重来仙欲邀。
洒落人间三万里，临风再啸一声飘。

二　西湖雪

雪中吟韵断桥前，妆罢西湖美景边。
人念风光如画扇，多情皆道是江南。

三　夕阳飞鸦

蓬山无路有斜晖，惊散寒鸦正乱飞。
老树留花夕阳里，流连苍翠落风微。

四　扬州魂

扬州血泪苦沾衣，决死容颜不改旗。
可法忠贞空落恨，王朝走马但成泥。

五　望春风

芦花飞过雪花来，鸿雁南翔万物哀。
独立朝朝和暮暮，何时野旷又春哉。

六　惊雪

弹指光阴一瞬间，惊风又是到残年。
幡然知足苦寒里，持酒吟花花满天。

七　红果树

画图如锦感天驰，疑是山花烂漫时。
遏住流云与风住，含情似水湛金枝。

八　雪中入牛年

牵牛踏雪会长廊，谈笑风生举酒觞。
吟岁冷宵冰彻骨，梅开再度入清霜。

九　相思廊

故地重游风景异，栏杆独倚笑还多。
相思莫说离人苦，昆曲声声倩影娑。

310. 和网友十四首

一　看日出

云锦霓裳暖，心花送水寒。
灰灰庚子去，梅笑入牛年。

二　梅影

城南梅又换容妆，月上相思琴外窗。
谁惹床头飘忽影，芬芳来使岁安康。

三　喜梅

邻家梅绽雪花中，恋有芳心暗许侬。
素手攀枝香半袖，何须明月与东风。

四　赏梅

梅开风度自翩翩，斗雪琼枝胜蝶兰。
笑傲群芳藏铁骨，奇香能敌万千寒。

五　同学会

同龄人在各天涯，霜鬓分催昨日花。
几载寒窗情未了，重逢岁月尽披纱。

六　题鹦鹉洲

月朗星稀鹦鹉洲，有人赋得几多愁。
江舟载客箫声远，亭古离离伴夕楼。

七　题云壑图

奇峰耸立雾飞中，仙子腾云十指风。

跃过千山和万水，求丹老道慕葱茏。

八　题春花图

老树新枝淋浅雨，艳红翠绿去尘泥。

春花有色千人赞，美景无边万户迷。

九　咏朱砂根花

寒风裁就赤成砂，红粉丹心翡翠华。

丰韵知时佳节里，容光渐发乱天涯。

十　福州鼓山雾景

霜花满岭几千重，似话轻纱美景浓。

草木有心萦往事，鼓山曾亦我留踪。

十一　福州夜市

夜灯十里放桃花，南国春来媚万家。

望月飞歌依画栋，福州城上唱天涯。

十二　北国雪

谁向霞边黯雪村，年关渐系冷风痕。

梅光魂魄时漂泊，一片花开一片心。

十三　红叶

枫丹老树蘸流霞，日暮红纱醉乱鸦。

重上西山风景里，月笼苍水与人家。

十四　题小鸟与桃花图
远客临门枝上栖，桃花笑脸解罗衣。
如人得意眉飞醉，说是春风在小溪。

311. 点绛唇　两朵春花

两朵花开，红尘姐妹牵纤手。
斜依杨柳。
知有东风候。
花影招摇，舒卷伊人袖。
香飘透。
遇春回首。
莫待黄昏后。

312. 七律　游苏州

姑苏写意园林好，墨韵悠悠书古章。
吴调飞花羞冷月，评弹向夜说蚕桑。
老街杨柳岸依翠，碧水湾桥客自忙。
盛世华庭长怅望，人间仙境此风光。

313. 七律　咏牡丹图

清风染就自添香，花韵绵延是处长。
紫气潇潇连画栋，红尘滚滚映雕梁。

如来虹彩堪回首，似唱九洲尝绕堂。
逢有春温连夜发，为君且舞万般康。

314. 七律
——和叶剑英元帅《雨夜衔杯》

风啸三更月落身，酒边豪气尽花痕。
英雄儿女青春健，肝胆昆仑主义真。
博浪书生千万梦，举旗骏马万千军。
孔明入世终遗恨，元帅诗词久可温。

315. 七律　盼年来

逝去青春安可买，明朝何往费疑猜。
难求富贵千堂在，但愿安康万户来。
牛气冲天风有信，清宵望月影无灾。
九州奔放炊烟暖，前路山花烂漫开。

316. 七律　腊梅

北风枝上冷香来，淡定从容独自开。
逐去寒冬迎暖照，翻飞情浪入胸怀。
因逢腊月时时冻，缘在江南处处栽。
不比春梅颜色好，敢将浊气顶天裁。

317. 和网友四首

一 茶花
仕女茶花城上开,墙边衰草满坡哀。
羞风闭月纷纷坠,但似红尘滚滚来。

二 迎春花
篱落迎春花已开,芬芳岁月暗云台。
清风微抹晴光在,知有佳人款款来。

三 武当山
武当山上紫霄宫,法量无边有道浓。
太子坡前云柱湿,寒花飘落淡烟中。

四 题桃花图
桃花有意送春情,流水无波映晚晴。
迎面东风吹又放,山村美景夕霞明。

318. 谢池春　江南好

云淡风和,亭立高天如诉。
看山明,光开老树。
歌来欢绕,拥雕花廊柱。
泊长堤、可听江鹜。

还无燕舞，有水如龙长缚。
泛扁舟，随鸥欲骜。
烟波天际，是征鸿归处。
此江南、自来思慕。

319. 七律　腊八节寄北

腊八重来卷地风，京城寒夜雪花中。
转头一瞬云飘去，弹指十年谁念浓。
炉火安知君岁月，缁衣曾暖我心胸。
晨昏晓月归何处，北到家园祈大同。

320. 七律　腊八夜
——次陆游《临安春雨初霁》韵

孤灯暗放独披纱，趁夜还来就月华。
腊八风吹惊吊斗，寒天星散落琼花。
慢煎湖水无陈酒，犹沏香茗乐淡茶。
小巷听舟声欸乃，楼低有梦进人家。

321. 七律　江南彩云飞

春回丽日彩云飞，玉宇金辉几雁归。
一岭桃花开笑口，千村烟雨树丰碑。

任风吹落忧心事，盼月来明暗夜扉。
布谷轻啼万家醉，子规声里梦相追。

322. 七律　北京颂

古国都城锷未残，千年谁忘雁栖坛。
云来天碧宫墙柳，月隐风清金水岚。
抬眼看花花似海，听莺酿酒酒连泉。
诚心不赞颜如玉，却道乾坤此处宽。

323. 七律　江南晨

卷帘看树绕人家，流水无声悄放花。
无意流连追逝月，有心暗许品香茶。
看舟桥下轻飞浪，听妇溪头自浣纱。
暖岸风平朝野旷，长堤杨柳发新芽。

324. 七律　江南春忆

梦醒江南薄雾中，斜晖一抹满江浓。
观云安倚西沉月，追影思随北去鸿。
巷陌风光依古迹，梅花原野指春踪。
融融暖意如相异，情比九洲无不同。

325. 鹧鸪天　故里

天底霞明万顷光，江花铺就水中央。
无言故里春风好，含笑阳澄醇味长。

行柳岸，数楼房。看鸥轻舞落池塘。
经年未遇人俱在，对对双双自说康。

326. 七绝四首

一　游园
江南烟树雨朦胧，晴色望穿何日浓。
梅放幽园香阵阵，鸳鸯在水戏从容。

二　溪畔
似图似景两难猜，年少年高笑口开。
西水东流何处去，山歌好比海潮来。

三　雨湖
霏雨润春春意喧，浪花轻抚晓芦滩。
新添碧叶欣然在，湖上琴弦仙子弹。

四　故里
十面长堤桥接桥，儿时旧梦与云飘。
鳜鱼味美须柴火，虾子新鲜价更高。

327. 满江红　阳澄春

来了春光，东风晓、绿绦原野。
云飘过、碧波万顷，花回廊榭。
蝶舞翩翩梅雪海，莺歌阵阵星洲月。
望昆山、万树渐葱茏，俱皎洁。

古今事，倾如夜；轻舟去，音尘绝。
送渔帆远影、浪流飘叶。
鸿雁留声空谷岭，炊烟赋韵齐天阙。
莫等闲、看遍水阳澄，千秋业。

328. 七律　庚子除夕前夜

空明斜月影花高，万斗星光城上昭。
廊外天圆云阵动，周遭风静夜歌飘。
沉沉九派龙回首，隐隐三更凤落巢。
莫叹年来多俗事，依然有得暗魂销。

卷四

辛丑曙光

329. 七律　辛丑年初一

昨夜雨涟春绕山，今朝花放好凭栏。
暖风任自飘香远，薄雾初稀看雁还。
荡满残芦飞絮雪，霞明金水染衣衫。
乡心尝得千重醉，岸影留波已万端。

330. 七绝　和网友六首

一　梅花

庭前月影去还寒，旧梦新花对酒残。
春色流连风渐散，悠然且说有梅妍。

二　礼花

礼花三十催春雨，岁月悠悠经冷风。
相顾无言共回首，光阴又度太匆匆。

三　阿娇

春晖湖畔访虹桥，记得当年花影摇。
今日波开迎晚照，水清何处有阿娇。

四　雨梅

一枝梅影向风中，暗淡天空细雨濛。
往事凝香犹寄梦，残留几许问苍穹。

五　初一
梅残初一淡香浓，月落三更夜色中。
吴下风光花几许，何留冷艳不相同。

六　湖边
山光水色薄云天，林隐渔家若等闲。
雁落湖边暖春里，烟波此去访神仙。

331. 七律　初春

云霞飘落冷溪前，花影重来语水寒。
长夜送风星缀满，初潮带雨鸟鸣繁。
连山薄雾悠闲过，穿荡轻舟寂静还。
我用真情挽春色，不留假意费红笺。

332. 七律　初五凌晨

清风不燥无言语，晓卷微澜炫月光。
倦鸟未醒藏旧窟，寒花欲放出东墙。
意随流水吟长调，心任行云理淡妆。
爆竹声来珠玉脆，新春湖畔已芬芳。

333. 七律　新春夜

春夜风声催放花，水辉暗笑影波斜。
歌飘冷月云霄阁，心念远方仙子家。
彩笔难描新气象，白头安忆旧琵琶。
杯凝琥珀光寒色，刺破星天似薄纱。

334. 沁园春　春潮

万里光开，怒放茶花，水阔浪奔。
漾琼浆玉液，惠风和畅；
春江不寐，歌向无垠。
情在天空，雁来如约，欲与群仙共赏春。
娇杨舞，载英雄旧梦，唤住行云。

霞来湖上缤纷。
看浩淼、西东佩玉襟。
更松间明月，别来无恙；
波涛斜岸，有念鲸鲲。
五帝三皇，唐宗汉武，泉下无言羡后人。
春潮里，此风光无限，缠绕龙门。

335. 七绝　和网友五首

一　细雨杨风

细雨杨风隔翠屏，烟花眯眼乱春情。
空余心愿曾经梦，十里徘徊听雁声。

二　北大荒

三江原上醉春人，万里东风吹锦门。
劳苦功高冰作酒，落霞明月共风尘。

三　向英勇的边防战士致敬

边防线上起狼烟，战士顽强敌胆寒。
为有牺牲多壮志，驱除霸道啸寰天。

四　岭南春

东风雏燕暖霞红，吹起岭南春色浓。
皱水无言波雁影，茶花已自在心中。

五　梨花

梨花带雨梦中开，恍惚白衣仙子来。
说与杨花共飘絮，相随春色不徘徊。

336. 卜算子　咏春

春色已无边，风欲同花住。
且向天空问碧澜，可否飘丝雨。

雁字不彷徨，爱意人人妒。
情若如春莫笑痴，因有芳菲故。

337. 七律　忆南京

六朝烟雨几回潮，王谢堂前燕雀高。
玉管吹箫齐岭秀，凤凰起舞任花摇。
登山知是紫金媚，依柳还看玄武娇。
夜梦莫愁佳景在，年华好咏此滔滔。

338. 七律　春天

一场夜梦已春回，万朵彩云同日开。
花媚晴园怜媚苑，水娇柳色漾娇台。
青山不瘵斜阳暖，芳草无眠远燕来。
最是风平此时静，湖天任看雁排排。

339. 七律　梦长安

天子龙灯万丈光，巍峨宫阙坐中央。
云腾四海文王笑，威震八方嬴政忙。
飞燕轻旋汉家舞，玉环艳压灞桥廊。
旧时明月长相忆，还照长安夜大唐。

340. 鹧鸪天　好春光

已自花开陌上红，闲来看水水融融。
轻扬丝柳斜阳里，醉拂晴光紫气中。

春欲语，乐难穷。山川野色乱东风。
年华须趁青春在，无笔当能画碧空。

341. 七绝　和网友二首

一　会稽山

长剑挥毫平水谣，秦皇到此不生毛。
以观东海苍茫处，会稽山高景色娆。

注：绍兴南平水镇有会稽山，因秦皇在此登山以观东海而又名秦皇山。传说秦皇登山时掉落一把佩剑，从此此地寸草不生。

二　春风

乱絮红尘陌上飘，春风杨柳醉逍遥。
缤纷原野花开笑，望远云天日日高。

342. 七律　春夜

云微风浅月光明，万户灯花濯水清。
迤逦蟠龙催夜色，浩然锦带醉鲲鹏。
绣鸾帐暖霓霞卧，依树楼高悦鸟听。
爆竹凌空向天啸，玉皇王母下瑶城。

343. 鹧鸪天　新春回乡

喜鹊重来唱小楼，麦青苗壮忆牵牛。
梅花虽自随风少，溪水依然绕阁流。

云朵俏，柳丝柔。曾经往事上心头。
而今迈步乡村里，烟火人间不用愁。

344. 七律　辛丑年元宵节

雨来溪畔渐闻声，洒落元宵一满城。
豪语今年金玉梦，欢谈昨日夕阳情。
山边迎翠遍青草，涧上飞鸥携恰莺。
今夜花灯应烂漫，长桥雨过看风筝。

345. 七绝五首

一　村头

雨迷望眼孰能收，春色已随皱水流。
花笑烟波无可去，柳垂却道钓王侯。

二　幽梦

幽梦花间春睡重，一帘还卷雨中城。
若天有意存恩久，便使风尘去后清。

三　翠柳

丝柳含情万种长，春思缱绻慕新妆。
燕来细语多颜色，因水和花已放光。

四　云　和网友

云本无心天上飘，其情难寄却逍遥。
胸中也满风流事，日出才和人比高。

五　夜酒　戏和网友

君怀初恋梦中人，常伴莺啼与月轮。
珠泪轻随夜花落，何能独饮酒沾襟。

346. 七律　回阳澄湖

春雨潇潇闻子规，望山赶路绿相追。
转亭看浪鸥轻去，迎面惊心鹭乱飞。
烟波清淡吟春韵，芦荡徐明咏水辉。
再下阳澄向虾蟹，乡情久久又萦回。

347. 七律　雨晨

茫然雨色流云暗，水雾腾达拂晓天。
听鸟清鸣吟畅意，奉春伴读起欢澜。
乡音有忆堪追昔，尘事无忧待问烟。
明月几时还我影，一樽重酹到花前。

348. 七律　又一春

漫卷晴光满目娇，古城春色比天高。
连年捷报频传意，靓月欢腾再影宵。
云去尝言山水景，雁来还喜雨花潮。
光阴自在风和日，人入酒楼心又飘。

349. 七律　春雨

乡村桃李艳光浮，一夜东风将雨呼。
闻说春心如绣锦，报称今日到姑苏。
啼莺舞柳鸣晨晓，古荡回声胜画图。
问景飘摇何所似，朦胧断续有还无。

350. 和网友二首

一　　春思

鸳鸯湖上正迷情，燕燕双飞自在鸣。
看雁归来霞照里，相闻思念又声声。

二　　纳兰容若

铺笺垂泪几如痴，面薄向天难借词。
落笔空悲容若志，心中无奈一行诗。

351. 七律　喜迎三八节

相逢佳节迎新雨，怒放春光俏各家。
款款犹堪多礼赞，滔滔不吝美咨嗟。
东风吹过千般色，吴调听如万树花。
纵是半边天上舞，应知璀璨亦无涯。

352. 七律　春光

溪花暗放沐春光，柳絮轻旋入燕堂。
波荡人家非鬼影，水连魂梦是华章。
天公有感重斟酒，风物无边再启航。
时节悠悠当好景，新莺抖擞曲飞扬。

353. 七律　桃花

桃花朵朵笑缤纷，春意潺潺喜煞人。
但等烟波潜入夜，且随风月去销魂。
生涯苦短穷天色，粉面情长掩泪痕。
不待群英相映照，香氛更护各家门。

354. 七律　踏春

桃李争春片片霞，将身幽谷访兰花。
深林鸟噪风声静，晴涧云轻竹影斜。

山翠芬芳连水榭,娇多妩媚遍天涯。
乱莺纷说相思最,起舞如流穿碧纱。

355. 七律　夜风起

舍外微光岭上风,闻言明日雨重逢。
犹思春色堪添赞,恐落桃花正值红。
情愿将身倚天立,心应恨夜入庭笼。
天空云淡如缠梦,唯有相思情最浓。

356. 玉楼春　春雨

绵绵细雨烟江断,湖畔已春杨柳岸。
似闻莺恰正啼娇,不问西东皆醉染。

新花怒放天空半,幽谷风回追拂槛。
无言春味报情浓,待燕归来重说暖。

357. 七律　昨日北方沙尘暴

黄沙漫漫掩中天,口眼难开苦向前。
羯鼓隆隆何可望,尘弦汩汩又重弹。
湮花摧柳惊莺去,偃月蔽春吹雁残。
大漠无情谁以对,人间岁月付流年。

358. 七律　家乡

溪映桃花光似霰，山歌如玉尽玲珑。
红尘缈缈随云动，烟雨朝朝化影同。
风景卅年弹未破，光阴十指系犹穷。
春来轻淡芳茵绿，小院门前拂水融。

359. 七律　夜迎

春深雨歇万家灯，暗夜光还绕古城。
草径风花连半月，绣楼香气续长更。
天潮帘湿有人访，犬吠心知呼主迎。
斟酒端茶非为别，此宵沉醉在离情。

360. 七律　也说三星堆

华夏文明自来久，三星堆上史无前。
巴山蜀水芬芳地，金阙银宫飒爽天。
城在花洲三万里，歌留玉宇九千山。
于今不道象牙贵，尊口重开言古蝉。

注：喜闻三星堆考古再次出土象牙青铜尊金器等大量珍贵文物。

361. 和网友　碧桃

碧桃开艳小溪东，迎日光鲜大不同。
花自无言随水去，郎心却待为君浓。

362. 七律　明前春重

春声啸上九重天，烂漫鲜花炫巨澜。
踏遍青山新雨后，流连岁月梦溪前。
清风柳绿飘如舞，粉面桃红娇可缠。
莫问今朝谁共酒，相逢醉意满晴滩。

363. 鹧鸪天　仲春

燕子飞时思念长，新花恣意谱华章。
东风拂面催春信，杨柳依云掩玉廊。

湖浩淼，意芬芳。如君豪气慨而慷。
知寻妙处来相看，岸上歌莺绕画梁。

364. 七律　雨夜

半楼风雨半楼浇，清夜无眠街影摇。
为寄情思追雁远，浑留遗憾望天高。

幽花已落无多味，香阁未明还媚娇。
烟浦如歌如泣处，似闻昨日笛声飘。

365. 贺新郎

惜此花飞雨。
正东风、飘飘洒洒，满庭愁绪。
多少芬芳都吹散，岁月匆匆难叙。
人笑我、乡心丝缕。
曾别故园三千里，任光阴、相挽黄沙旅。
回首望，默无语。

重回湖畔多花絮。
此番番、碧空云外，有风来去。
记得当年青梅小，竹马争先有趣。
今日里、何能相遇。
心海苍茫云边际，向飞花、说爱如金玉。
波浩淼，接天宇。

366. 七律　今日大风

有春不肯住江东，许我今朝遇大风。
落去桃花吹有尽，重来霞色得无穷。
青山抱翠接云海，湖面流光迎雁龙。
潮打年华白头在，归来十载此相逢。

367. 七律　昆明湖春咏

满湖白浪过天门，万箭晴光追雁魂。
柳絮飞扬歌岁月，鸳鸯迎舞漫青春。
山空横笛风吹曲，舟度清波水踏痕。
花放连庭隐廊榭，欲留香气付何人。

368. 七律　元大都遗址随想

元都几载化云烟，幽梦花开一瞬间。
漠北弯弓鸣雁底，中原逐鹿笑云天。
汉家山水终应在，霸主功名只等闲。
尘世倾颓谁似铁，苍茫华夏我如磐。

369. 七律　北京春日

谁借东风一夜情，嫣然四顾已倾城。
桃红柳绿言曾梦，旧殿新宫喜又晴。
天碧怀恩飞白絮，云飘照水映开屏。
流连美景应知味，邀与春光共醉行。

370. 七律　南下途中

津门一出望江南，轻踏烟波过泰安。
别后乡关情胜火，重来江水绿如蓝。
怀思云淡风铺岸，向往霞红浪卷天。
奔走相携身未老，痴心只许在人间。

371. 七律　晴湖

玉湖晴色万千重，水借流光一路东。
驭浪心飞缘草绿，凌波情在许花浓。
云轻若比玲珑玉，天碧如描妩媚容。
潋滟知非常有处，人间仙境此相拥。

372. 青玉案　暮春

满天雨过云相去，但归看、莺飞路。
　　锦瑟年华重盼度。
倚窗凝望，故园朱户，别梦依稀处。

欢飞杨柳风中絮，唯恐深情再相负。
　　虚度光阴曾几许。
借天晴色，轻吟歌赋，何待人迟暮。

373. 七律　月夜

月明千里水银光，照我闲庭花影窗。
心欲腾飞风未醒，情期破晓夜还长。
乱莺无语藏林壑，野犬高声吠梦乡。
惊落星云恁多味，满天回忆一行行。

374. 谢池春　五一节

一点从容，化作乡思无数。
在高楼，望风缠树。
花开斜照，染红尘微露。
看飞莺、往来倾诉。
千娇百媚，潋水徐波情注。
泛扁舟，清流吐馥。
苍茫无际，载千年歌舞。
比高洁、更看松竹。

375. 七律　佳节

乱云遮月夜风凉，犹记当年花下窗。
情意已随江水远，年华曾使我心伤。
景幽何比容颜好，山静安知客梦狂。
佳节难逢思聚首，畅言往事任飞扬。

376. 渔家傲　五四青年节

五四来时风景异，这边独好多情意。
　　　迎面百花姿色媚。
　　风絮里，欢声多少如潮起。

每遇花飞人不寐，此般花雨如天泪。
　　　何有光阴相比美。
　　云天际，与君相看难相已。

377. 七律　江南初夏

夏木森森枕水流，舟横寂寂近花楼。
风微堪酿千年醉，香袅能消万古愁。
云笔闲描天上锦，湖光拂动月边鸥。
晚霞催发心中愿，姿色迷人更比柔。

378. 七律　狂风

天暮微明起野风，狂心随雨四追龙。
昆城清气自无语，昨日芳香何有踪。
逝梦依稀留印浅，别情优雅更谁浓。
行人更比残花少，落寞还多奉晚空。

379. 虞美人　雨后晨早

雨晨更喜芙蓉好，艳艳花难老。
学人闲步倚栏杆，极目烟波在水与花缠。

声声杜宇云阴路，久久如君诉。
花非昨日彩云留，仍有一颦一笑正当楼。

380. 和网友四首

一　蔷薇
蔷薇花满庭边上，气溢柴门冲九天。
相挽年年鸿运照，千枝万朵向君前。

二　槐花
蜂蝶恋花迷雪山，人间五月黯乡园。
槐情飘洒曾经梦，日夜相思在两端。

三　缘浅
一点春心谁不知，三声缘浅泪流时。
惊花已落千家树，始悟东风是苦痴。

四　晚波
落日共长河，清风沫晚波。
相思重妩媚，款款与霞歌。

381. 五律　夏

万径依云际，蔷薇向日高。
农家枕流碧，晴阁借波豪。
迢递青山远，逍遥故里娇。
归乡知有路，但问绿杨桥。

382. 七律　雷雨中

佛度苍生如影楼，生涯羁旅苦行舟。
空天逐鹿风云在，飞雁无言人字留。
怀旧愁生何必酒，伤花陨落恰如秋。
我今慕雨潇潇下，明日烦忧或可休。

383. 清平乐　贺祝融号昨日登陆火星

天空寻路，寄梦飞云度。
若有人知星去处，可与吴刚同住。

人间孟夏花开，寒宫但问谁来。
百啭黄鹂声咽，因心向往高台。

384. 七律　人生

人生倏忽百年秋，转瞬如花似水流。
但慕夕阳存晚照，何期明月绕寰球。
年来已觉老无力，春去还怜风在丘。
顾影忧思犹不及，空将往事赋成愁。

385. 七律　雨夜

大雨滂沱卷古城，挥师韩信点兵声。
欲笺往事狂风啸，何待惊雷孤影清。
千里萧疏惆怅夜，一窗落寞寂寥灯。
从来爱恨由人说，只把相思向夜明。

386. 和网友二首

一　七绝　惠山

欲逢仙女惠山中，故地今来雨又重。
不信江南无胜景，看花吹过自由风。

二　悼袁吴两院士

哀声四野卷尘烟，遏住行云马不前。
一日双星花落去，何留我在此人间。

387. 七律　调寄诗圣

昨夜风平念圣人，浣花溪畔草堂春。
一杯愁绪醉魂魄，千载光辉披绿茵。
怀恨别亲吟地狱，挥毫驾鹤入天门。
无言最是诗和韵，腔调依然映月轮。

388. 七律　听雨

雨落红尘泪不休，随风流浪在沙洲。
长思年少无多志，懒度光阴赖寡愁。
柳影依稀皆酾酒，青春仿佛可回眸。
愿心同与安红豆，执手相看直到秋。

389. 七律　赠同学

曾同窗下戏师嗔，年少不知情亦真。
此去经年风滚滚，往来岁月雨沉沉。
韶华空忆如烟淡，谈笑何须似水深。
浊酒相逢酬旧谊，清樽自古慰风尘。

390. 七律　浮萍

偶过溪边,见浮萍丛生,生意盎然,欣得此律。

客路人间但似船,乘波浪荡在尘寰。
植根何怨水清浅,喜暖还娇风冷寒。
不羡巍峨山万丈,愿留寂寞苦千年。
怀情誓走天涯远,漂泊从来无畏难。

391. 七律　次同望先生韵

先生立志远凡尘,我辈蓬蒿字亦真。
安品诗书千载雨,闲吟佳韵万年春。
水流舴艋舟无渡,月落青山夜有神。
欲步陶公篱种菊,青衣浊酒待何人。

392. 七律　风景

溪边老树尽苍翠,似可当年重唤回。
心恋黄鹂风再起,人怜白鹭绪飘飞。
高云卷碧怀思去,晴水抒情带笑归。
看罢挥毫写真意,凡间自有夕阳辉。

393. 鹧鸪天　野草

莫叹风轻忘了愁，等闲头白几春秋。
欲将往事歌风去，岂待豪情付水流。

嗔落日，笑王侯。狂心胸臆自悠悠。
谁言野草心无了，陌上风光可醉眸。

394. 七律　云何

奴本飘来为探君，风言风语乱芳心。
笑天难赋离骚曲，问水安留远道人。
锦字长迷情怯远，雁书何及老来亲。
如花一片红尘意，送与尊前共赏春。

395. 减字木兰花　麦收

金光卷起，一望晴空云迤逦。
妆点山河，滚滚奔流放棹歌。

天空望雁，任是高风吹不断。
麦浪年年，唤与人间共笑颜。

396. 七律　夏夜

溪岸幽花空对月，山眠无怨鸟藏林。
泊舟杨岸惊波影，系缆蛙声乱水心。
夜静无言多寂寞，酒酣尤盼少离分。
柴扉正向荷深处，今夕孤灯等远人。

397. 五绝　忆承德平泉

策马走平泉，花儿绿草间。
心怡人未老，最忆是蓝天。

398. 七律　姑苏夜

满城流彩暮时长，眷念心头一寸光。
今夜星辰龙聚首，明朝云影舞开场。
看风又起吹晴水，听燕重歌过画梁。
云散如回千梦里，年年逐浪此安康。

399. 七律　西安

一垛城高依梦在，玉环飞燕湛花容。
风微更念曾经月，景好再添苍劲松。
歌舞玄宗期盛世，少年去病亦英雄。
曲江擎住云天霰，池上于今看大同。

400. 七律　北京暮雨

微风吹雨彩灯华，千禧古城开似花。
光影奔流载君梦，霓裳轻舞入人家。
泱泱史海长回首，浩浩中天不走沙。
落地云霞红片片，定睛一看似琵琶。

401. 七律　弥勒

佛肚能容千万事，慈颜常笑万千人。
江湖风雨皆成酒，宫殿城池常化神。
挥去春秋未明月，携来冷暖满腔心。
无缘相见应相识，总在人间为了尘。

402. 谢池春　雨起时

城上乌云，来势汹汹遮路。
　　夺芳花，光华暗度。
　　惊飞魂魄，恐人间狂雨。
　　看茫茫、乱烟奔处。

怀思再起，期泛扁舟同去。
　　唱情歌，高昂几许。

相牵鸥鹭，入繁城门户。
更沉吟、为君长赋。

403. 和网友 悼战友

忆曾怀志欲高飞，铁血男儿姓国徽。
人去依然明月在，照君身影与魂归。

404. 七律 梅雨中

梅雨来时天女花，翠轻如盖薄云纱。
林心娴静尝闻鸟，山色空濛好品茶。
看鹭江中惊水浪，趁风凉处话桑麻。
枕流亭畔心相照，追忆芳华道永嘉。

405. 鹧鸪天 光阴

万斗光阴积寸金，寸金何聚寸光阴。
太公八十溪边钓，天子千年月下吟。

天未老，事犹新。光阴不惜箭穿心。
劝君惜取光阴箭，敢上昆仑摘雨云。

406. 七律　天上

梦拾琼花宫殿高，霓裳邀月语心娆。
玉皇酩酊斟醇酒，王母殷勤献寿桃。
我踏青云乘醉意，君持彩练舞蛮腰。
银河踏浪波光近，悠见扬州廿四桥。

407. 七律　云来时

枕夜无声水自悠，月留倩影在溪流。
星空高远如怀梦，云幔低垂似有愁。
心待朝霞盈满树，天生清露正依丘。
重重叠叠蹉跎去，回首生涯暗已秋。

408. 七律　暮雨

入时狂雨势沉沉，暮色朦胧潜我心。
龙伏野丘眠鬼魅，风鸣高树乱乾坤。
夏声缱绻何寻月，思绪流连更湿襟。
望眼才收窗下远，便知花落在黄昏。

409. 七律　凉风

清风来又爽人心，碧叶还连小巷深。
老妪门前花自赏，阿娇廊下曲欢吟。

看楼水影轻飘韵,听雁云天重震尘。
聊得山边半壶酒,光阴好度待明春。

410. 七律　风花

墙边风过乱翻花,吹尽年华又哭砂。
莫道青春多白发,应知野岭有人家。
开心能得苍生顾,夺目犹添紫气斜。
何妒青山和绿水,怀情独自乐天涯。

411. 七律　晓荷

古城暑色催花晓,一夜熏风开满塘。
笑口长题佳世韵,碧珠留映美人光。
随心叶上翻琼浪,擎雨枝头压众芳。
若得君来不须问,是无愁怨有清香。

412. 金缕曲　曹操

再梦曹公路。
此篇章、怎生接续,好难分付。
消受东吴和蜀汉,犹记中原射虎。
但赤壁、东风难驭。
兵败垂成心似铁,定乾坤、依旧谋江浦。
谈笑里,塞鸿去。

长河萧瑟闻孤兔。

恨难消、暮来自步,有人知否?

铜雀台高年复日,更有斜阳几度。

黯旧事、英雄当赋。

惜把青天情相负,对潇潇、风雨归何处。

空怅惘,念如故。

413. 七律　大暑

风扯云旗漫上天,还看苍劲在青山。
远楼顶上愁无景,清阁廊边乐有潭。
荷敛晴光犹闪闪,叶多翠色却拳拳。
老身避暑柳荫角,倚树听蝉年复年。

414. 七律　郑州暴雨祭

天何有怒生奇怨,七月中原苦断肠。
狂雨滔滔淹日梦,惊雷滚滚起苍黄。
愁添河畔千城难,恨注心边万载殇。
头白因无覆云手,祈神转念送安康。

415. 七绝　台风

台风欲卷青天去,狂雨已携凉意来。
坐看乌云龙入海,杯中茶淡也萦怀。

416. 五绝　雨后

风清不闻鸟，云乱尚依稀。
叠翠青山近，溪流蛙自迷。

417. 五绝　浮生

浮生情若梦，点滴满天星。
寂寞常盈满，沧桑待月明。

418. 七律　南京

长夜难眠人在望，南京病急鸟藏巢。
钟山林秀云楼乱，江水涛流蚱蜢杳。
才念城头重月漾，忽传疫事又心烧。
风来郁闷添愁绪，试问苍天何等娇。

419. 七律　故里春秋水城遗址

野洲回望露华浓，寥落曾经看劲松。
赏月千家观北斗，扬帆万里趁东风。

古城依水青青柳，晴照还湖对对鸿。
昨日辉煌何有影，今朝谁可缚苍龙。

420. 七律　乌云

乌云若只来相见，便枉人间风雨狂。
千暗楼头天欲破，万愁湖水浪重扬。
绵延情去谁思我，转瞬花飞我断肠。
沉醉应知年会老，何如相恋暖洋洋。

421. 桂枝香　迎秋

云光暗换。
此百里河山，风来清软。
杨柳荷堤还绿，水空凝练。
轻舟去棹随流水，送残阳、草香斜岸。
彩霞芦荡，莺啼鹭起，气冲如剑。

乍回首、人生已半。
喜沧海桑田，雨润长健。
重上高楼对景，尽皆如幻。
古城底事迎秋里，笑平生、恬淡闲散。
只今留恋，月来湖上，但看光炫。

422. 七律　立秋

午夜凉知已近秋，云间风起似飘愁。
姮娥不与眠山畔，粉墨何须摆案头。
未有心花堪赋曲，安寻岁月可回眸。
星辰若笑人间老，便教吴刚也牧牛。

423. 七绝　咏蝉

为歌出土上高枝，脱壳成名百万诗。
雅乐琴台自无比，伯牙弦断欲称辞。

424. 七律　立秋吟

落寞萦风心暗藏，多年有梦在他乡。
离情难享晴光好，长夜尝思菡萏香。
望月空愁添别怨，入秋枉费断柔肠。
斜阳挽起芳花影，更看流云又一窗。

425. 七绝　和网友

红尘若笑功名少，因把青春付酒多。
坎坷人生难满意，从容岁月亦蹉跎。

426. 七律　秋思

湖畔秋来暑已休，人间烦恼却挠头。
荷残花事枉风月，莺尽歌声空阁楼。
十里长堤霞别远，千年古刹影成愁。
闲翁常品邻家酒，柴火余香难了忧。

427. 七绝二首　题网友姑苏美景图

一

阿娇妆罢上阳台，古道溪边望水来。
借问今朝天可雨，寻常巷陌有花开。

二

曾经来过小桥东，殊爱清清杨柳风。
流水淙淙皆是客，红灯摇动佛缘中。

428. 七律　秋韵

青涩茫茫少野风，轻笼云薄在天空。
远山含翠歌飞里，清雨卷荷花落中。
何挽人间初坠叶，难留湖上誓离鸿。
秋来自得丹霞美，不必流连怕小虫。

429. 七律　姑苏城外

云高正画艳阳天，风笑徘徊庭树前。
南国三秋无懒汉，吴中八月有神仙。
楼边澹澹水边水，窗外悠悠山外山。
君问风光何处有，千年古刹近芦滩。

430. 鹧鸪天　浅秋

秋色渐来依画痕，秋光慵卷万家门。
怅然魂魄驰江海，眷恋心花满酒樽。

迎薄晓，醉黄昏。风吹云断乱霞皴。
云中寄梦能何远，一点情思却可闻。

431. 五律　七夕雨

阴雨绵绵下，清风爽爽来。
举头观四海，斟酒满千杯。
情困能多久，思怀又几回。
笑今家万里，七夕独登台。

432. 五绝　秋雨

秋风吹柳扬，秋雨一场场。
天地英雄气，从容斟满觞。

433. 七律　秋波

横笛吹波三两声，水凝月镜映秋城。
流光闲散花犹淡，盛世和祥气自清。
漫道天空无所谓，但留夜色有真情。
我徒描景为谁看，试等君来歌晚星。

434. 七律　听雨

倦影孤灯懒欲眠，无风听雨起波澜。
隔窗欣看楼台外，念蝶难回烟阁前。
去日如斯犹日日，来年似梦复年年。
奈何秋色潇潇至，莫把光阴付酒酣。

435. 七律　老矣

秋水容光如旧颜，红花眷恋比从前。
长思暮色余晖下，仍守光阴落日边。
风景常来心上暖，年华已去树梢寒。
欲将往事重梳洗，唯恐真情错付缘。

436. 七律　感秋

闲来走笔写秋风，红粉佳人着意浓。
水月枫桥常话里，诗心花韵不言中。
亭连翠竹尝描暮，荷趁晴天却改容。
一片乌云飘逸去，雨何独羡那溪东。

437. 青玉案　秋遇

秋风吹过家家柳。
碧水去、波光秀。
月色朦胧花影旧。
高檐低户，残更声漏。
且尽杯中酒。

相逢不醉何回首。
情满衣襟暗盈袖。
往事无涯终未就。
长河望断，清宵难宿。
雨雪曾同否？

438. 七律　秋日

世间无路不风尘，云白应知天有纯。
野渡空舟多寂寞，奔流去棹亦艰辛。

还来逐浪花千朵，犹自持螯酒万巡。
莫笑鬓霜依老树，心潮如雨送情人。

439. 七律　故乡行

秋风送爽一程程，邀我还乡凉意生。
蝶舞花怀思恣肆，柳扬蝉调伴前行。
云霞犹照村和暖，鸡犬渐闻人不惊。
几十年来朝与暮，沉沉眷恋几多情。

440. 七律　闲吟

闲来坐待日沉西，知有风霜多苦凄。
雨雪门前斟好酒，星辰月下唱黄鸡。
云飘似锦情丝织，霞灿如旗颜色齐。
湖上涵秋犹燕燕，桂香阵阵子规啼。

441. 绝句二首

一　五绝　秋来
——题网友姑苏美图

秋雨不粘人，秋风一扫尘。
秋江还旧国，秋竹翠留痕。

二 七绝 和网友 思乡

人海苍茫两鬓苍，依然有我夜思乡。
何期落寞更深路，误入篷间风渐凉。

442. 七律 秦陵祭

八面威风铸始皇，自兹代代比人强。
豪横意气天为小，傲统江山地亦方。
残柏存年多雨润，青冢逐岁更情长。
于今应记当年月，还照落花和夜廊。

443. 七律 钓秋江

闲钓秋江登暮舟，是非无羁一心悠。
看霞红透半边水，听鸟时鸣不上钩。
秀岸风轻吹紊柳，清波影乱去闲愁。
世间唯有鱼和我，共享斜晖唠九流。

444. 七律 秋高

秋爽往来何快事，天高云淡乐风晴。
碧空如洗腾龙舞，暖日气蒸飞鹤明。

万里凉生催旧梦,千年韵至忆连横。
八方秀色犹存照,更喜黄粱米满盈。

445. 七律　秋归
　　——次网友韵并同题

秋风渐紧过晴山,十里清溪云水间。
敢问酒家安好否,料知行客远来还。
老坛陈酿应无尽,故里乡情亦满潺。
少小不知离别苦,老年思切泪斑斑。

446. 七律　念故人

陈年往事不能回,夜梦依稀如鸟飞。
人老珠黄常睡去,桃红柳绿却还来。
斜阳在水今重醉,落叶随风日复哀。
秋至伤怀莫行远,念君且待尽余杯。

447. 水调歌头　送君去

花雨送君去,烂漫舞西风。
天堂路上、蝴蝶醉酒面潮红。
欢唱西天蛮曲,又笑人间悲苦,天上有神通。
处处金銮殿,日日共仙踪。

今垂泪，思未尽，念无穷。
心何有恨、天不待我与君逢。
看遍一江秋水，空等月来月去，难再又相同。
万里飘云淡，我梦寄君浓。

448. 七律　梦湖

百里红花万顷光，朝霞明媚映苍苍。
望天云淡征鸿远，看水舟轻野色茫。
东岸柳绵莺语乱，西楼人眷爱情长。
清波堆起层层意，轻送鸳鸯入大江。

449. 七律　人生

走过千山和万水，行来风景画如新。
月中秀色尤思恋，枝上鸣禽倍觉亲。
爱看秋风飘落叶，更娇春雨润诚心。
超然无忌常怀笑，时隐楼头听佛音。

450. 七律　待中秋

我羡青山不识愁，风来依旧自横秋。
喜无晴色随烟去，怕有真心付水流。

缘浅还须游四海，酒多莫趁醉高楼。
持螯独立天和地，待醒分明赏月钩。

451. 七律　湖上观霞

兰陵美酒一杯杯，送我霓裳湖上来。
静谧无声舒水袖，清灵有致去尘埃。
枫行天下知秋染，心自霞边待月开。
鸥鹭轻翔迎远客，风光何肯劝人归。

452. 七律　怀念伟人

重向山冈觅旧踪，潇湘国里诉清风。
长征路上擎天地，文笔峰前品异同。
回首当年曾记否，转头思念又相逢。
天生一个仙人洞，尽慰神州腾巨龙。

453. 渔家傲　贺教师节

满目秋光风景好，
今天节日渔家傲。
四面八方桃李浩。
　为师表，
年年五季无闲晓。

三尺讲台常热闹,
白红粉笔飞花妙。
启迪众生何讨巧。
图回报?
早生华发苍颜老。

454. 七律　看秋
——次网友韵

共友闲吟赏碧池,挽云踏水写英姿。
风流何待花光满,秋色已随芦荻移。
安享茗茶品醇酒,静看霓彩布残棋。
我知君好偏怜雨,定教今宵润入诗。

455. 绝句三首

一　七绝　昆曲小镇
拾趣悠悠到故园,小楼听曲自潺潺。
挽云好写清风字,雅韵如波近水滩。

二　五绝　秋晨
山翠叠峰开,云还照影来。
秋清凝露色,曲径上花台。

三　五绝　秋

空谷幽兰静，小溪流水清。
听蝉秋噪远，顾影自心明。

456. 七律　凉晨

凉风卷叶与霞光，天上飞仙如有香。
入梦难依星色淡，眷亲时盼桂花黄。
寂寥期待中秋久，落寞但留思绪长。
莫笑青山无月伴，我今还自话沧浪。

457. 七律　台风

风啸九洲何得意，雨狂恣肆恍吟秋。
龙盘天岭如行酒，神卧山岗然笑愁。
夜色阑珊光影乱，烟云跌宕懒妆修。
心生淡泊寻眠处，怎耐更深无可游。

458. 六州歌头　又见中秋

流年似水，漫岁月如歌。
星遥望，倾花散，枕云戈。
泛天窠。
行过千山路，万家帐，黯乡波。

神州好，云天美，竞豪奢。
南北西东，落日红霞里，处处嘉禾。
送潇潇骤雨，迎曲苑风荷。
五岳巍峨。
影婆娑。

念今佳节，月空朗，天清气，走龙蛇。
听鸟唱，心花放，去沉疴。
共晴和。
唯夜难轻度，萦梦久，累南柯。
长怀念，一杯举，对山河。
消受孤单寂寞，凭谁问、只道呵呵。
趁凉风阵阵，先醉又如何。
梦有嫦娥。

459. 七律　湖上

湖上清风爱自由，携来云淡映金秋。
满天雁去空留影，一夜花香任笑愁。
赏月常夸光景好，怀情岂怨美人柔。
犁开霓彩千千结，莫待心飞枉费眸。

460. 七律　中秋前

街头风拂灯如昼，清夜游人兴似山。
迎面相逢皆旧识，闻声能辨不新颜。

横波摇动霓边曲,秋韵嫣然水上船。
莫笑中秋月圆待,心旌已自与花缠。

461. 摸鱼儿　辛丑中秋

笑谈中、桂香缠绕。
悄悄秋已来到。
爱秋唯恐花吹尽,更怕改人容貌。
秋啸啸。
但喜道、中秋有月凭人眺。
唤风开道。
便星汉银河,雕楼华栋,河上看飞棹。

人间美,时有寒风料峭。
来时也自喧闹。
千金难买中秋好,脉脉此时佳妙。
天浩浩。
夜色里、红灯碧水清波俏。
满怀情调。
正月上当空,风光无限,胜落日斜照。

462. 鹧鸪天　桂花

桂韵随风暗自流,花开烂漫湛金秋。
朝朝清露连晴水,夜夜笙歌在玉楼。

香可散，味堪收。晴光滟滟值凝眸。
含羞带怯层层叠，不醉尘寰誓不休。

463. 七律　晨山

晨曦初照野花台，雁影朦胧入远怀。
落木无风花已逝，丹枫有客鸟还来。
徐融霞彩随波荡，轻解云裳迎日开。
溪水潺湲山缈缈，登高趁早莫徘徊。

464. 七律　菊园

杨花远去菊花肥，梦里婀娜正画眉。
望月分明幽处在，听琴断续此时回。
日倾晴色连天媚，夜送秋波动地飞。
疑是金钗追凤蝶，始知仙子舞风微。

465. 七律　题红霞图

红霞漫卷半边天，倩影流连碧水间。
若有清风吹冷月，便多香梦向余年。
怀情吟草蝶花恋，牵手放歌星斗缠。
云殿仙人欲何往，乘鸾直上到从前。

466. 七律　迎国庆

云澜相伴照花堂，风浅无言走四方。
山影依然歌荏苒，秋心踯躅说炎凉。
行游苍翠好昂首，喜看神州满溢光。
我乐年华不知倦，因花此刻正芬芳。

467. 浪淘沙　辛丑国庆

旗舞送风凉，花满晴窗。
凭秋美色卷荷塘。
对酒高云和碧水，情沸汤汤。

正九派沧浪，岁月飘香。
江山无疾谱华章。
看鹭翩翩飞到也，醉了霓裳。

468. 满江红　夜游姑苏李公堤

绿瓦红墙，传歌处、娇娃倩影。
清波里、轻舟荡漾，祥和恬静。
千载风云霜与雪，百年砥砺晴和泞。
再相逢、无语上心头，临仙境。

曾经夜，芜草病；

往来月，蚊虫酪。

叹长堤胜昔、恰秋风景。

夜梦萦回残露在，胭脂还染华灯醒。

此番游、美景遍西东，余诗兴。

469. 临江仙　昆山一夜

一盏香茗追永夜，风轻吹遍花灯。

月明如水露华清。

天澄微不动，飘过满天星。

仰望似听炎武笑，低头思念先生。

凭栏重向古风城。

匹夫从未老，天下有群英。

470. 七律　假日

岁月蹒跚有几长，问天问地问斜阳。

今宵珍重怜花朵，去日流连听雨窗。

云海多情何累累，人生快意亦苍苍。

闻香闲品三秋美，尽得心清在桂旁。

471. 七律　悼侄儿

人生苦短几逢秋，思念如潮恨病遒。
数月折磨多戾气，今朝终去了忧愁。
明春难约看花雨，何日再相同酒由。
心绪随君魂散去，满城风急上西楼。

472. 青玉案　秋日

看秋已过千山路，问谁与、清风去。
知有丹枫和白露。
月楼花苑，鹭低霞暮，
雨落潇潇处。

携来彩笔难题句，只怨秋潮似歌赋。
莫叹行人多几许。
品茗怜菊，闲谈心绪，
看蝶翩翩舞。

473. 七律　晨起

风吹花影自歌秋，枫叶红妆入眼眸。
残桂依稀缠玉露，余香点滴载心舟。
感天恩厚常怀恋，怨已情豪欠静修。
望月清高岂能挽，乱云飞度莫思求。

474. 七律　赴外甥女新婚宴感怀

雨落玉城风不休，凉生快意值金秋。
百千岁月多奇景，二十余载在绣楼。
志喜新婚吟好韵，颂花有主带吴钩。
光芒直指关山外，胜过当年万户侯。

475. 七律　初凉

落叶无魂转世空，心头有念也随风。
伤秋尽付凉檐里，怀旧犹当细雨中。
执手流年相与度，牵情顾盼自如逢。
初凉宛若多才女，已胜霞飞何不同。

476. 望海潮　辛丑重阳雨中登高

重阳风雨，凋花摧树，漫回吹落年华。
山谷有声，烟湖幻景，如笼薄雾轻纱。
　　隐约柳丝斜。
等华楼灯上，点点如花。
脚下清流，满腔秋意诉蒹葭。

心中思绪豪奢。
向神州远望，不必言他。
前日酒高，今朝觉老，行来还为争夸。

听曲又谁家。
步山颠极目，风景尤佳。
追忆如潮，无言思念到天涯。

477. 七绝　雨后

雨霁风微草色新，清珠似泪向知音。
三秋影动心潮涌，万马云腾天海皱。

478. 七律　风雨中

晨起风高雨乱飞，卷帘思念已成灰。
菊花残落未眠泪，心事茫然还湿衣。
欲借秋声酬雁去，徒将清气换愁归。
人间应有真情在，美色难描是细微。

479. 七律　老朽

归来行路已千山，倚柳常听江水边。
尘世花开尝寂寞，老朽眼拙但安闲。
英雄蛰伏多磨难，黑夜犬奔腾巨澜。
望月还明如昨日，只愁往事不从前。

480. 七律　风夜

风夜无人灯寂寥，静思有过雨飘飘。
月涵花影动秋水，星映天心吹冷潮。
清气围城因酒色，寒光转念向波涛。
谁知爱恋能多美，欲上云间问九霄。

481. 鹧鸪天　自嘲

挥手别秋冬渐浓，从兹难说再相逢。
苦寒经又重来伴，温暖何曾可等同。

悲命运，怅西风。无端卷入旧诗中。
若人笑我真情少，再送西天一抹红。

482. 七律　秋夜雨

雨来点点说忧伤，但遣西风敲夜窗。
洒落深秋满天泪，犹留残梦半帘廊。
花心若肯怜前事，杯酒何须入冷肠。
明日霜晨如得月，定驱乱绪不彷徨。

483. 七律　清宵

昨夜雨绵空自愁，今宵月朗又逢秋。
人生兜转成霜鬓，天气轮回少理由。

花败尝知飘败絮,酒高何惧醉高楼。
一杯如可风中笑,便使云开往事留。

484. 江城子 暮秋

万山云淡黯然收,卷闲愁,到深秋。
  千里风寒,处处觅风流。
水色倾城言语少,波荡漾,泛轻舟。

酒无知己自当休,月光幽,冷星酬。
  但笑金樽,岁岁敬王侯。
怎得天天都满月,无再少,岂回眸。

485. 六州歌头 感暮秋

  长空云卷,浪漫且风流。
  天香妒,霜尘落,暗销秋。
    悄凝愁。
  追想伤怀事,寄明月,空难诉;
   花落处,风景在,雨淹留。
  惶顾年华,久久无言语,斟酒相酬。
   忆牧羊苏武,持节在荒丘。
    唯见云稠。
    但心忧。

念秋将尽，蓦然起，西风啸，怎回眸。
犹渴望，湖边柳，夕阳舟。
在心头。
安比东风暖，百花放，牧歌收。
烟笼树，月笼水，夜波柔。
难忘野山晴树，芬芳里、翠接城楼。
有行人到此，驻足赞堪游。
岁月悠悠。

486. 七律　闲吟姑苏秋

小河处处枕人家，流水淙淙卷浪花。
夜市街灯连巷陌，晓晨溪雾戴珠纱。
相谈邻里含羞笑，闲品香茗到日斜。
我赠姑苏歌一曲，清风赞我美无涯。

487. 七律　夜空

夜阑心静品安闲，凝望天空笑不言。
月朗有情眠水镜，星高无怨入云端。
入怀一夕恐花落，依梦三秋惊岁还。
飞度光阴何处在，飘飘洒洒自年年。

488. 七律　霞来

风来霞影彩缤纷，欲去高声唤远人。
落魄三思皆在夜，孤心一片苦争春。
秋涵苍翠谁知意，诗笑人间韵入魂。
梦自粲然还是梦，枉如蝴蝶绕朱门。

489. 七绝　秋阳

秋阳暖树几分春，晴色随烟等故人。
欲遣和风吹草动，先将帘卷望云心。

490. 七律　酒夜

酒多渐醒被风吹，伸手摘星云乱随。
有意问天天不语，无心存念念重追。
明朝散发愁人老，今夜斟茶恐月飞。
秋日绵绵终会去，徒将幽梦化成灰。

491. 醉花阴　梦

昨夜酒多人自睡，好梦香甜味。
晨起日东方，飒爽迎花，更有云霞帔。

记得黄昏初约会，月映春风缀。
安可笑今朝，萧瑟秋风，人向千山寐。

492. 念奴娇　湖畔

苍山日暮，卷飞霞、落照金辉秋岭。
湖上风平鸥鹭去，瞬息万般宁静。
浩瀚天空，嫣然柳岸，回首皆风景。
叹秋正逝，依然留此佳境。

惆怅无语风光，唯我流连，谁与飞花令。
烟树含情空寂寞，暗诉曾经花影。
大好年华，风流尽在，壮志凌云顶。
多情如我，一时多少诗兴。

493. 青玉案　再谒宋词人刘过墓

天阴欲雨风吹草，野径静、芳花少。
几度寒流人已老。
孤坟重顾，风华何杳，唯我今来早。

金戈铁马声声绕，战火曾经赖君了。
试与稼轩同贼讨。
一生愁绪，满天词稿，都为江山好。

494. 鹧鸪天　秋晓

晴色全无旧日尘，秋清恍惚又新春。
云来仿佛言前事，风去依稀恋故人。

迎喜鹊，落柴门。庭阶苔绿雨残痕。
菊花篱畔迎晨旭，娇媚回头笑月沉。

495. 阮郎归　沉醉

飘飘云自远方来，秋风雁字开。
落花无意上高台。
风华人挂怀。

星暗度，月难摘。
吴刚桂树栽。
清香夜里久徘徊，谁将沉醉埋。

496. 七律　迎寒流

高处流云一瞬秋，故园雨后使人愁。
迎来残夜温余梦，歌罢西风倚酒楼。
今夕寒花何戚戚，那时圆月更悠悠。
同怀逝岁知君意，桂落依然香气留。

497. 七律　寒流

寒流渐近月无踪，云海沉沦举北风。
小院观天鸟声静，三更听雨佛音空。
还怜残草恋秋暖，仍惜落花余艳浓。
唯恐晨霜如雪厚，使君一夕到凛冬。

498. 永遇乐　风雨中

云翳沉沉，晚来风雨，寒流如虎。
有梦难追，落花无影，明月今安否？
亭台楼阁，轻烟草树，都寄淡愁经处。
凭栏望，朦胧夜色，天外鼓角声注。

曾经夕照，往来莺燕，柳绕青峰无数。
孰料年华，不堪回首，暗与风飘去。
光阴自此，徘徊萧瑟，更少斜阳相顾。
劝君记、青荷碧水，月华白露。

499. 七律　生日自歌

云遮日色秋声静，霜落寒凝吹冷风。
吟啸九天擂响鼓，豪言半世伴征鸿。
烟波江上行程远，夜梦空中水乳融。
归去来兮人已老，何妨举酒骗馋虫。

500. 七律　寒潮夜

午夜风声啸九天，暗思春色到从前。
颜红已与年俱老，鬓白还存月半欢。
酣酒常怀伤逝梦，多情独寄逆行船。
佳期再待花开日，走遍江南看锦川。

501. 卜算子　江南沙溪古镇游

溪上满晴光，来酌虹桥畔。
着意清风舞酒旗，两两游人伴。

此度好光阴，静享人间暖。
闲数家家烂漫花，何肯千千万。

502. 七律　家中

晴色高临俊朗天，轻烟直上白云间。
三更曾梦相思暖，一夜好眠何惧寒。
餐罢须知粮食贵，饮中更叹酒仙馋。
人间无有空来处，何晓生涯亦有难。

503. 鹧鸪天　北风来

风下江南欲进门，云来江上却无痕。
我愁人老随风去，人说云开映水皴。

清酒薄，赤霞纷。浮生若梦苦沉沦。
相如死后无词客，望断天涯谁有闻。

504. 鹧鸪天　寒花

羞向晴光诉夜凉，花伤独自泣篱旁。
时冬何得花如雨，值雨安寻霓作裳。

迎赤日，斗寒霜。虽知命蹇放幽香。
携来春色情无限，为报春潮从未央。

505. 鹊桥仙　风景

疫情未了，苍天有恨，洒向人间多病。
风霜雨雪路难行，望原野、何来风景。

一腔心愿，两肩道义，但举天空鸿影。
英雄但觅卧龙岗，等风起、飞扬春令。

506. 减字木兰花　江南冬暖

晴光无限，任是如春花烂漫。
云过青天，风展旌旗过大关。

江南如画，芳草兰心应有价。
金瓦银墙，度尽飞鸿披靓妆。

507. 鹧鸪天　湖畔丽日

晴色轻抚花秀楼，暖阳初上树梢头。
风平有意听莺语，云淡无心伴水流。

怀旧国，念渔舟。阳澄湖畔日悠悠。
莼鲈不解乡思味，留取闲情但自游。

508. 菩萨蛮　雨晨

冷风裹雨飘飘下，城头萧瑟谁擎画。
暝色入江南，觉来窗外寒。

草阶空寂寞，倦鸟声声灼。
枫叠一层层，丹心何日明。

509. 卜算子　东流

人老不争春，任水东流去。
已是黄昏那夕阳，飘落随风雨。

日日盼乡行，独酌多愁绪。
欲与西风舞酒旗，胸臆能谁语。

510. 玉楼春　登山

晴山无事春踪觅，探看寒花枝上细。
亭台楼阁半山腰，云影婆娑如戴笠。

当年烽火留痕迹，溪水淙淙如叹息。
转头又是日西斜，始觉光阴无可敌。

511. 七律　登临马鞍山

梦醒登临风举时，朝霞烂漫染新枝。
城头高挂月边冷，波色轻揉心上痴。
水映千村迎日照，烟撩万树展春思。
山巅有意歌无限，绽放豪情岁月姿。

512. 望海潮　贺父寿

朝霞原野，晴光疏淡，年华暗换清风。
垂柳素心，流云照水，天空依旧融融。
仿佛说情浓。
此江南景色，如画烟笼。
陌上梅枝，含苞欲放梦无穷。

天恩浩荡隆隆。
正欢高益寿，闲数飞鸿。
兰苑有思，英年未老，余庚共祝花红。
举酒向长空。
看楼高万丈，云树葱葱。
贺父嘉年，但如湖畔一青松。

513. 木兰花令　风霜起

云飞玉宇无尘处，看似花开多几许。
阑珊烟色剪梅痕，陌上霜寒风暗度。

觉来残绿红霞注，犹念香裘心恍惚。
黯然回味是年华，怎与风霜争去路。

514. 蝶恋花　冬至
——和苏轼《花褪残红青杏小》韵

冬至云飘花影少。
冷岸微风，碧水轻轻绕。
陌上梅苞催尚小。
游人到此多烦恼。

日影斜斜窗外道。
窗里融融，窗外行人笑。
笑我填词皆似草。
我今只好天涯杳。

515. 七律　忆游顾炎武纪念馆

闲访空庭万事悲，草阶寂寞鸟惊飞。
鸿篇寥落堪回忆，著作辉煌怎可追。
安共匹夫酬壮志，因怀君子展须眉。
三吴烟水平生念，檐影流连不忍归。

516. 沁园春　故乡

似水年华，飞短光阴，屈指数年。
黯乡间小道，炊烟袅袅；

晴川苇荡，碧水潺潺。

柳岸莺飞，芦花蝶舞，歌管铿锵酒盏前。

天堂美，看红花绿树，尽绕高轩。

别来烟雨依然。

曾夜梦、乡音无数缠。

苦风尘难扫，长怀落寞；

乡愁几许，怎可轻弹。

竟夕星光，辉煌今古，渔火江枫堪与眠。

归来月，诉浓妆淡抹，谁比江南。

517. 七律　天欲雪

沉沉雾霭断江流，隐隐苍山不见楼。
天冷蔫花犹可惜，风微欲雪但相酬。
千村枫树妆颜淡，万面旗旌绕指柔。
纵是人生常有别，悠然看景岂言休。

518. 七律　迎元旦

芳花元旦千村到，晴树摇风万里来。
鸟唱笙歌邀水笑，人欢喜乐满天回。
光阴何恨无情度，往事依稀有梦开。
借笔嫣然自豪语，赋诗好遣入春怀。

519. 永遇乐　江南古镇行

四海升平，晴光拂面，悦鸟鸣晓。
江上行舟，微风来去，思绪同清早。
寻常巷陌，缠花烟树，昨夜舞曾争俏。
上虹桥，行来心喜，今日又将欢绕。

倚栏回首，花灯杨柳，分外依依安好。
极目霞边，至亲乡院，娇媚千般调。
芳草含情，流云有忆，一片祥和未老。
仰天笑、烟波浩淼，又传捷报。

520. 水调歌头　元旦佳节咏

风卷酒旗舞，云乱但从容。
应知落照湖上、霄汉几千重。
昨日渔舟唱晚，今日鸳鸯戏水，日日暖霞红。
若是雨来后，晴处架飞虹。

水无语，花盈户，向天空。
放歌旷野、飘落月上快如风。
千古云霞依旧，万里江山犹在，夜夜有情浓。
闲赏昆仑月，何必问西东。

521. 七律　年底近

恨天时雨起寒风，年近心忧挂念浓。
烟水载舟今夜里，天涯倦客旅途中。
寄情花冷犹难得，望月思多常落空。
借问东来西往友，何期把盏更忡忡。

522. 七律　人生

羁旅人间一小船，行经十万八千山。
难欢缺月无星夜，漫道枯枝落叶关。
风雨堆寒何料峭，烟花逐冷亦蹒跚。
生涯止处心安放，香可同持去悟禅。

523. 鹧鸪天　寒山行

独上寒山石径长，野花凌乱放幽香。
迎风叠嶂三千丈，回首云峰百万霜。

看日冕，举霞光。听涛观浪颂文章。
悠悠岁月人还在，犹上高台望故乡。

524. 诗六首

七绝　迎春
三九风来冰冷天，花回怒放向红颜。
敢教日月移山去，飒爽迎春比涧兰。

五绝　暮雪
暮色天来雪，杯杯情意浓。
野村风未歇，何处觅花红。

七绝　茶花
茶花争艳入春门，野径无人自笑淳。
一片丹心向阳暖，何须风冷扫凡尘。

五绝　题腊梅图
欲饮枇杷酒，人言花尚开。
天寒犹未醒，梅已报春来。

七绝　红花
碧叶西东向九天，花牵祥瑞祝君安。
林深幽处吟今古，闲卷清风待谪仙。

七绝　腊梅
无心相遇暗香浓，有韵高光笑冷风。
他日如逢再称友，云边几度去留中。

525. 七律　春踪

欲写东风迎北风，借来霜雪暖春红。
数枝梅放寻花路，几许情开落草丛。
诗韵缠心愁淡淡，光阴流水日匆匆。
高飞若似云间鸟，便使无踪也有踪。

526. 鹧鸪天　晴色

和风吹又送春归，迎面溪光艳乱飞。
眼底千般如画卷，云头万里缀花帷。

歌盛世，咏斜晖。何须烟雨展双眉。
参差梅蕊争先报，日日清风上翠微。

527. 踏莎行　赴宴

酒满金樽，花连香袄，转头已是青春老。
相逢又醉那年楼，都言别后相逢好。

灯盏分明，乡思未了，玲珑仿佛花枝俏。
晚来风月逐心高，忘情但向明天晓。

528. 七律　寄远

流水花枝霜复浓，十年分别两从容。
何愁云暗悲烟雨，但笑山青徒北风。
前路还长壮行色，人生惜短废虚空。
望天犹忆当时月，万木潇潇似挽弓。

529. 太常引　吟月

夜阑霜冷上寒枝，相聚又何时。
心隐月边池。
任寂寞、期谁有知。

寄情乡外，呼云海内，漫说雁书迟。
绰约是风姿。
怎消得、今宵苦持。

530. 鹧鸪天　咏春

岭上风云相继开，城头花事盛妆来。
红霞湖上连金水，暖汐春边佩玉钗。

观鹭鹭，戏亭台。如诗潮涌衬桃腮。
冰霜过后新明牖，尽览繁华不忍裁。

531. 临江仙　雨江边

万里潇潇飘冷雨，江寒过尽飞鸥。
春边何意竟难收。
清波吹又起，都向苇丛流。

欲付苍天情几许，唤春来住花楼。
看风闲弄万家舟。
荡开千寨柳，听遍鸟啾啾。

532. 西江月　年近

残梦依窗觉醒，小庭细雨风吹。
卷帘惊散鸟高飞，又是一宵沉睡。

渐近年关多美，欲攀高月难追。
东风何日再相偎，唤友呼朋长醉。

533. 念奴娇　寒雪

精灵起舞，遍南北、素裹红妆高洁。
怕被寒笼难忆旧，忘却当年明月。
便使多情，再思年少，恋此风中蝶。
飘飘洒洒，嫣然重又春节。

眷念春后天晴，灿烂阳光，迈步从头越。
听雁归来吹管笛，看燕穿花相约。
岁月无痕，人生有梦，都寄连天雪。
流连是我，一腔心志如铁。

534. 诗四首

七绝　和网友
先生妙笔语千山，韵在玲珑意万澜。
挥洒东风如画卷，胸中自有玉龙盘。

七绝　雪景
万里银风冷画光，无言娇媚雪中藏。
年来南北同欢喜，举酒寻梅更郁香。

七绝　春花开
心自芬芳花不眠，年来次第悦君前。
知君有意思佳节，便送春花满在天。

七绝　立春
东风有信入花楼，春梦无边寄暖流。
笑看云霞江上过，还斟新酒立潮头。

535. 望海潮　城楼上

年来多雨，光阴唯惜，城头但等春光。
幽谷秀清，轻鸥涧舞，林深知有兰藏。

心念郁花香。

更云霞赐瑞,为我红妆。

寥廓江山,东风荡漾共霓裳。

烟楼欲上琴扬。

有花灯迷眼,翠竹骑墙。

弦管奏鸣,游人鼎沸,声声齐唤长廊。

檐角酒旗昂。

正番番景象,暗倚芬芳。

水也含情,无言依旧向长江。

卷五

壬寅逝梦

536. 南歌子　早春

翠色遮眉里，波光落眼中。
行来为探早春红。
鸥鹭未花飞去、影无踪。

苇荡三千合，春歌几万重。
人间有景自情浓。
再与蝶花相约、舞东风。

537. 青玉案　江南雪
　　——和贺铸韵

到春雪落吴中路，有鸥鹭翩翩去。
长与年华相伴度。
莫多惆怅，但忧朱户，雪满归来处。

年时飘雪天如暮，可待相思凑成句。
烂漫深深情几许。
小园幽静，满庭花絮，胜过春朝雨。

538. 行香子　昆山雪后

雪后晴天，来探春流。
心中盼可遇花眸。
清风闲散，是处娇柔。
缕缕梅香，盈满袖，绕雕楼。

轻鸥点点，闻人起舞，诉平生志趣相投。
溪流奔去，好拥空幽。
对长亭外，颂无限，倩人留。

539. 七律　咏春光

西城夜雨晓来风，吹醒城头百万红。
四面光开桃李路，千年韵复古今雄。
近闻花汐皆新涌，远看家山非旧同。
不必青天借云影，自斟薄酒向春踪。

540. 七律　春思

夜思归燕啄春泥，芳草无言烟树迷。
玉蝶纷飞彩霞乱，红梅斜照暖云低。
雁来音信画堂满，歌上九天霄汉齐。
风飐柳枝莺语晓，子规啼月梦依依。

541. 七律　元宵前夜

元宵渐近少春花，莫怪风寒无有涯。
醉卧窗头笑行客，痴言满月是奇葩。
烟波五彩迷人眼，灯火三更在吾家。
车水如龙应远寄，温情脉脉似穿纱。

542. 七律　乱题情人节

霜冷休言天欲春，风寒笑影可传神。
玉环艳入玄宗眼，飞燕轻摇汉帝魂。
有约安称无节日，无钱莫说有情人。
西施在岸吴王醉，乱插新枝拂旧尘。

543. 扬州慢　元宵节

风起清寒，烟笼无际，转头又是元宵。
算华年几十，虚度日朝朝。
羡原野、春华秋实，雨江晴练，奔涌如潮。
念青山绿水，悠然云过魂销。

春来神往，到如今、心又飘飘。
读千古华章，颂花开放，好比文豪。
谈笑此间风月，如云去、任自逍遥。
待天高风定，重来试与君邀。

544. 阮郎归　苏州加油

新花未放夜飞霜，莺歌曲断肠。
冷风迎面不寻常，无言叹自伤。

天似坠，地苍茫。
人间病毒狂。
欲驱烟雨扫悲凉，江山如画廊。

545. 水龙吟　待春来

盼春坐饮寒中，长思柳岸花飞晓。
忆晴雨过，斜阳巷陌，几多芳草。
紫燕归来，庭深花满，雕梁未老。
只无情病毒，含邪载怨，究何恨，终难了。

曾有豪情春早。
对长空、笑谈香袅。
而今风冷，烟花散去，黄鹂未到。
曲径流泉，清园枯木，闲游人少。
待春来、共与新花解梦，问神州好。

546. 临江仙　今日天晴

千里晴光花正放，满庭皆是妖娆。
归来昨夜酒逍遥。
倚栏追冷月，忘了下虹桥。

今日看花听鸟噪，心开向远飘飘。
云轻仿佛手招招。
欲随风驾去，说有路条条。

547. 七律　春来

花海天明已盛开，晴空雁影转头来。
千寻何事连心底，四顾流云入荡怀。
我赞青山无可比，君言绿水巧安排。
难能拙笔描春色，野望应知俱上台。

548. 七律　重游昆曲小镇

晴流滚滚暖人心，花影摇风分外亲。
七彩斑斓廊下水，五湖情动浪边痕。
看舟怕作天涯客，忆旧还怜故里春。
岁月曾经多梦幻，而今美事再重温。

549. 七律　春雨来

春雨丝丝飘若弦，新音款款落窗前。
看花已绕千家院，听鸟时鸣二月天。
幽谷朝江连旷野，清溪走水润心田。
翠微正上群峰顶，入眼满坡皆是仙。

550. 七律　晴日

东风初上已花浓，日月旋回万万重。
霞染馨香依暖树，水浮倩影是归鸿。
琼楼高耸云天淡，玉宇澄清烟火空。
争看人间难有尽，此般光景爱无穷。

551. 七律　天阴欲雨

天阴何事上心头，春醉愁思如海流。
帘启看风吹叶动，云来洒雨惜花柔。
难酬夙愿还斟酒，但恨芳菲未绕楼。
人拙应知旧情薄，梦多无可入谁眸。

552. 七律　二月二日龙抬头

三更夜雨落梅林，朝起清风缠梦人。
醒看天边多秀色，细瞧枝上少纤尘。
闻香知是春光好，听鸟应为城府深。
霞动微微红灿灿，须臾花放彩缤纷。

553. 七律　城春

一江春水青山畔，两岸黄鹂娇柳前。
夜怀乡野逢惊蛰，晨起心潮卷巨澜。
峰翠安闲传福祉，楼高豪迈付云端。
清风入梦人眠晓，花满晴城情满天。

554. 一剪梅　看春

四看晴光一片娇。
枝上花摇，心上花飘。
酒旗起舞把人招。
春已潇潇，天已昭昭。

唱曲提篮过小桥。
左也风骚，右也妖娆。
尽将心绪付春潮。
乱扭蜂腰，暗自逍遥。

555. 鹧鸪天　妇女节有记

花影重重靓女魂，如潮滚滚在昆仑。
晴城路上东风浪，青草桥边苇荡馨。

莺语乱，水波皴。折枝莫怪粉沾襟。
红颜有味酬佳节，情到深时似尔嗔。

556. 春天里八首

其一

光阴胜箭快如风，转眼人间满地红。
青柳依回摇影动，香烟跌宕有情浓。
思乘明月峰颠上，愿挽飞莺芦苇丛。
长恨清辉不常有，年年花谢水朝东。

其二

晴色流香莺语闻，光明四顾满天春。
古城烟火人间景，曲巷花波故地心。
愿得安闲斟美酒，何须惶恐度黄昏。
从来雨过无言处，虹彩霓霞两不分。

其三

晨雾惊心霜色浓，青山不见冷光中。
日升万木披金甲，云散千峰展笑容。

思念乘风连广宇,闲愁走马向归鸿。
仲春更有明霞在,开遍天涯与碧空。

其四
入夜风澜绕几前,茶香微袅满开轩。
月光静静抚心志,花影重重落玉斑。
新牖精装今可喜,旧衣残破少曾欢。
酒杯轻举闲情满,吴调三千过画檐。

其五
入春有梦我年年,醉醒徐来又一天。
杨柳新枝轻拂脸,茶花旧事暖生烟。
霞明须记斟闲酒,月落应知去远山。
好景如君颜似玉,清风同住共心缠。

其六
才舞东风就新酒,又乘明月写诗篇。
醉中何忆当年勇,酒里穷追相聚甜。
春色涵光安可借,波花寄梦岂能弹。
新芽初上销魂夜,落笔如神皆玉泉。

其七
春宵记得别时寒,江上行舟歇梦川。
难道当年曾共醉,何能半月再添缘。
东风折柳吹花艳,山影浮光落水旋。
今夜留言谁与语,明朝沽酒弄琴弦。

其八
俄乌烽火战连天,几度硝烟入梦边。
北国冰封雪花下,南方春涌水云间。

莺歌起舞清波暖，柳袅随思乱影翩。
百事今谁能共问，误将暮色比红颜。

557. 七律　春寒

袅袅春烟入夜怀，飘飘细雨落亭台。
嫩芽初上风波卷，晴暖还寒情窦开。
欲借云光放心去，好将霞色照花来。
飞莺已与黄鹂伴，一夜清新任自裁。

558. 齐天乐　春分

一庭烟雨风吹乱，年后别时难度。
是以春分，挽留香梦，重把心温绕树。
光阴安赋。
恨昨夜流莺，暗啼情愫。
今日添寒，倦无娇艳赏花雨。

远山踪影难望，只人声去去，谁在倾诉。
起笔临春，隐心阅世，能得安闲几许？
清风玉露。
怎晓得年华，几曾凄楚。
更念明朝，暖风杨柳路。

559. 五律　清晓

风吹云远去，雨过翠山还。
情洒人间美，花开昨夜寒。
高峰无倩影，清涧有幽兰。
我复登临早，听歌鸟唱欢。

560. 七律　春野

春横陌上伴花开，娇面含羞自远来。
紫燕归途家处处，清风入雨柳排排。
雷传江畔微波底，云动山颠碧玉台。
追忆曾经晴好日，纸鸢飞过扫尘埃。

561. 七律　雨中

风雨无言动天下，摧花卷影乱春心。
江流直下千秋水，涧静徒留万载云。
闲绪安能赋新日，霞光何复拭黄昏。
追怀往事堪重醉，布谷声中忆远人。

562. 七律　咏桃花

晴空万里十分春，花艳芳心暗许人。
开惹红尘多少事，落伤孤客几何神。

纵随恬淡时光去，还有香氛风韵存。
最是相逢在三月，玲珑笑口美娇嗔。

563. 七绝　无题

叹花总被流年弄，春见难熬满腹愁。
多少行人心不老，徘徊暗赞入红楼。

564. 七律　自画像

生在江南湖畔家，朝朝看水想琼花。
轻舟乘浪作行客，独马凌空披彩霞。
身矮三分无犬喜，才高半斗有人夸。
江湖唯恨真情少，常笑浮名不敢抓。

565. 鹧鸪天　暮春

碧水空濛翠色浓，山家香袅薄烟笼。
鸟鸣声过清溪畔，舟影光摇芦苇丛。

群岭秀，我心红。莫将春暮付闲中。
落花时节云相伴，清气谁疑正挽风。

566. 渔家傲　玉山春

玉阁风边花展意，
青山雁过声声里。
四面飞歌随柳起。
　风景异，
春来苍翠新如洗。

云撒满城天上绮，
悠然可勒如行礼。
仓廪存多鱼与米。
　人欢喜，
传名千里芬芳地。

567. 水龙吟　咏暮春

天骄有爱浓浓，青山霞帔重回首。
葱茏景色，清风渐起，兰亭依旧。
南浦归舟，白鸥满荡，与波相守。
待星高月上，画图隽永，香凝夜，君知否。

会饮山川当酒。
洒豪情、何须挥手。
流年似水，繁花无数，华章几斗。
梦里分明，乱烟飘散，彩云盈袖。
对春颜、此地潇潇未了，绿杨轻瘦。

568. 青玉案　送春去

玉山春色随烟去，燕初落、轻啼曲。
　　　　竹苑深林人笑语。
晴光花影，绮云疏雨，尽付风流絮。

　　　　西楼歌罢东楼遇。
　　　　清酒平常好相聚。
　　　　只为韶华能几许。
爱春明媚，恋春容与，缕缕皆成趣。

569. 南乡子　立夏

　　久困梦闲花，共与青山那畔家。
　　　醉里听风吹叶响，沙沙。
　　　　细数光阴任与夸。

　　陌上燕飞斜，檐下蛛丝静静纱。
　　　春去难回唯一盏，清茶。
　　　　立夏时分且自奢。

570. 七律　初夏再游亭林园

重游旧苑少荷开，落寞客从桥上来。
老眼昏花怅无路，闲心潦草却留怀。

尝思风月诗章满，唯恐余程筋斗栽。
捉笔画云添景色，好将往事去徘徊。

571. 鹧鸪天　雨夜

雨滴穿心渴望晴，无眠残烛盼天明。
星光最忆风平夜，孤夜还期月满城。

暗万户，悄三更。远山隐隐度风清。
黄梅时节重相遇，谁晓烟云姓与名。

572. 贺新郎　周庄

森森烟波里。
画江南、玲珑妩媚，柳莺声底。
曲水连廊遗梦在，星夜风吹月起。
将往事、讴歌欢喜。
相挽归鸿和云影，任华章、缀满繁花地。
今日去，且斜倚。

双桥连理堪无比。
万三名、扬帆远渡，遂成珠璧。
笑问如今多少客，曾否流连伫立。
看凤落、悠悠清夕。
仰望青天生豪迈，待云来、借得风花翼。
从此舞、又何息。

573. 七律　昆山夜

风过娄江月更明，波光如箭射流星。
画舟载梦云踪觅，山影连环吴语惊。
春逝元知惜空落，夏临常怕遇天晴。
送君千里终须别，何若牵花与浪行。

574. 七律　粽子

叶叶飘香赖有源，汨罗江畔正波澜。
风光自在云中殿，身影依然月下山。
千载不朽朝故国，万篇难泯颂衣冠。
但将此物酬新梦，一派葱茏伴画船。

575. 七律　昆山　月季

看花无伴独红妆，落寞枝头暗放光。
枕石依园歌远黛，牵云怀绪寄芬芳。
昆城有史三千载，娄水飘烟十万觞。
不笑君今知我晚，只因岫玉夜深藏。

576. 谢池春　花开时美

花谢时伤，最是花开时美。
似霞来，红轻水媚。
清波牵柳，挽飞莺如醉。
叹曾经、几多滋味。

芳华暗度，锦瑟如今谁慰。
漫悲歌，同君梦碎。
安能追忆，恐今宵憔悴。
望东方、又思霞皴。

577. 七律　今日阴

阴晴无定水云心，飘荡悠然一点尘。
懒理风花圆旧梦，何求烟雨伴知音。
檐头落寞怀斜照，沧海空灵念远亲。
相忘凡间相忘去，曾经可是有缘人。

578. 七律　北京，我的第二故乡
——闻北京今日高温有感

悄然暑意满京华，五月花曾照我家。
白塔依湖噙碧水，燕山近晓戴轻纱。
城高万丈霓霞醉，殿久千年风韵嗟。
云影缠绵旧相识，望天犹记美颜她。

579. 七绝四首

其一　晨
清风无眼识花容，犹喜枝头开复浓。
人老少眠晨起早，闲听翠树鸟鸣重。

其二　梦境
老气横来鬓已秋，云边何事但相求。
花开惜落寻常路，为得清溪一夜流。

其三　星
朝来风雨暮成秋，白鹭洲头到晚舟。
星汉无涯应有念，排云殿上看牵牛。

其四　戏题
名本虚无何必求，利难实在也常愁。
一杯清酒佳人笑，闭月羞花任入喉。

580. 唐多令　端午近

月落望山峰，一重又一重。
　　夏朝明、南北西东。
端午龙舟初试水，谁擂鼓，正情浓。

向远起长龙，白云在碧空。
待人来、倾诉心胸。
楚酒吴天同载恨，何能再，觅君踪。

581. 七律　村头

闻莺啼早争留影，疑是还春九转烟。
拂柳岸边能几度，归乡枕上得经年。
沉思难解乡人意，忆旧权当长膳餐。
劳碌无才空落梦，低头向命叹花残。

582. 望海潮　儿童节有感

卷帘苍翠，茫然无际，漫天阴翳沉沉。
如雨欲来，风轻静谧，谙曾岁月留痕。
执念似童真。
忆红花绿树，掩映柴门。
柳下清波，牵牛倦卧梦温馨。

还曾撒野乡村。
忘读书写字，父母安寻。
掏鸟上房，邻儿对战，浑身破洞衣襟。
真个说难闻。
但如今老矣，终日昏昏。
只与流莺，闲吟低唱度光阴。

583. 鹧鸪天　晨遛亭林园

入眼清珠随叶圆，风荷池上向云天。
静听宿鸟鸣深涧，闲赏蜻蜓落碧泉。

携念到，惜花残。禅房声寂似从前。
听人一曲昆腔醉，山水幽明如画帘。

584. 鹧鸪天　端午吟

中夏清晨少白云，疑来梅雨卷烟村。
龙舟桨急追山影，艾草香熏弄水人。

端午到，寂寥存。寰天何处问冤魂。
青山不老长江去，浩浩风中不见君。

585. 鹧鸪天　雨欲来

夜色残留天不清，晓天强作雨前明。
风来解梦流连梦，云在非晴难又晴。

轻暑色，薄烟暝。乌龙暗暗落昆城。
江波澹澹飞群鹭，勇立潮头气自横。

586. 鹧鸪天　狂雨后
——今日神州十四号顺利飞天

雨后风清气肃森，云阴天道似沉沉。
人群核检排长队，花伞娇柔着短裙。

驱落寞，涨精神。天宫愿可作嘉宾。
无边苍翠连天在，入槛诗情相与吟。

587. 浣溪沙　东山
——苏州太湖东山岛雕花楼

炎午风微汗湿裾，平湖帆影向三吴。
今朝轻食有无鱼。

花果从来酬胜节，雕楼却是住鸿儒。
云霞还染古诗书。

588. 七绝三首

其一　夜
夜乘月色入朦胧，星汉无边落酒盅。
谁可吟诗追旧梦，好将心意嫁南风。

其二　夜宿安吉小溪村

城远三更落影窗，山高声静夜深藏。
谁知云染微明月，可是无言照故乡。

其三　安吉小溪村

溪水清清落叶浮，竹林花影映山居。
斜风对景吟难罢，任我挥毫总不如。

589. 洞仙歌　阳澄湖畔

天阴欲雨，有风凉无汗。
湖畔芦洲鹭飞满。
画舟来、点点还漾波心，歌先到、飘荡声闻杨柳岸。

品茶闲坐客，等雨重来，乐此逍遥说唐汉。
叹少小离乡，美景曾经，年华里、风光已换。
更抖落星云水齐平，梦醒后何年，玉莺低啭。

590. 七绝二首

其一　惜光阴

光阴似水去如烟，缈缈随云上九天。
任爱人间风景异，何期能活一千年。

其二 梅雨

雨压昆城半夜天，梦沉更底晓凝烟。
蛙声起落清波里，十里荷花谅未眠。

591. 鹧鸪天　沉夜

凌乱云更月上墙，惺忪睡意入愁肠。
花帘几可除天热，梅雨何时送我凉。

声寂寂，夜茫茫。阑珊灯火酒旗扬。
清风吹景摇城影，拨动心弦情未央。

592. 少年游　山中遇雨

溪山梅雨燕穿花，恍惚到人家。
徐徐风软，清清香袅，莲雾动轻纱。

高声问路君知否，却道向篱笆。
绿野萍踪，道家仙骨，更有曲清嘉。

593. 鹧鸪天　轻舟唱晚

一叶轻舟且寄身，情多烟渚热昏昏。
彩霞已逝渔歌晚，皓月当空犹照心。

怜夜静，爱波皱。青春回望付情真。
月圆月缺云游处，水调歌头但自珍。

594. 汉宫春　天空云淡

晴日无风，望天空云淡，南浦归舟。
　　野藏穿花燕子，水映轻鸥。
　　无边苍翠，有香阁、倒影清流。
山在远、悠然雁过，能销万古忧愁。

回首乡中年少，伴纷纷梦想，殊爱云游。
　　今朝昏聩再顾，别绪难酬。
　　人言我老，但此景、已自心留。
杨柳岸、年年波色，随风湮灭高楼。

595. 鹧鸪天　夏至

城夏风平莺不闻，轻烟远黛野撩心。
炎炎初日飞云乱，艳艳红花绕岸分。

观旧景，客红尘。重来怎理那时痕。
苍茫何事征程里，只伴孤行万里身。

596. 淡黄柳　入梅

风城晓月，晨醒霞光烈。
满眼山青还落鹊。
叫遍江南未歇，言有黄梅雨来约。

梦纯洁。
心期又佳节，携美酒、醉蝴蝶。
怕她飞、去了谁相接。
燕燕双还，问她何在，安可匆匆道别。

597. 粉蝶儿　昨夜梅雨来

昨夜风来窗前雨摧锦绣。
梦难免、恐成人瘦。
便孤灯、向旧日、诉天偬偬。
夜难明、安得暗香盈袖。

今朝烟淡风小苇荡依旧。
忆曾经、雁来归后。
把相思、都写作、满天醇厚。
许多情、清水岸边相守。

598. 定风波　梅子黄时雨打城

梅子黄时雨打城，檐头蕉下一声声。
滴翠清珠堪入画，无价，满城淼淼燕吹笙。

心底放花花不尽，深信，年华任去但相迎。
回首城高高万丈，飘荡，无言最怕说离情。

599. 离亭燕　昆城雨后

雨后山青如画，仰面看云潇洒。
柳岸映空波去远，翠色临风迎驾。
有紫气东来，掩映篱阴清夏。

山下酒旗高挂。
山上谁歌低压。
飞燕尽来成景色，满是人间情话。
再上彩霞楼，摘取天边云帕。

600. 喝火令　晨

晓落清风处，云光但涣新。
恍如无际动人心。
山水几年追梦，狂放觅知音。

劳燕常纷见，何须泪湿襟。
满城烟雨更难寻。
梦已萧疏，梦已变深沉。
梦已去游天上，不肯下凡尘。

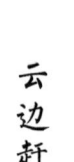

601. 蓦山溪　溪边

从来梅雨，风处凉生梦。
因有燕回还，并蒂莲、重开幽境。
行人邀约，到翠柳溪边，赏烟流，品香茗，指点人间景。

一溪流翠，入眼轻鸥影。
看碧水游龙，自从容、蜿蜒形胜。
闲游何为，还付此江山，词一曲，调千篇，今日须同庆。

602. 破阵子　凉晨

晨起风吹凉卷，碧云冉冉齐天。
十里荷塘花色艳，万亩琴心清气旋。
柳扬似未眠。

东海日升霞染，西山风举歌缠。
笑语盈盈天下事，多少楼台风雨涟。
尽皆阆苑仙。

603. 千秋岁　姑苏城外

姑苏城外，处处香荷海。
碧云冉，清风待。
丝杨摇燕乱，花影多姿采。
君不见，青山绿水遥相会。

看雁沉相对，鸥鹭同慷慨。

此般景，招人爱。

乡思无可断，乡梦无由改。

家乐此，远归游子心心在。

604. 苏幕遮　故乡

雨无来，人未睡。

月落江头，乡思连波醉。

鸥鹭无踪天接水。

夜色含情，连到天涯外。

故乡遥，心易碎。

夜夜难眠，犹向青山说。

锦绣山河谁又指。

有梦重来，正是江南地。

605. 七律　拜读诗友妙章并和

未散闲愁在庙堂，壮心难改付诗行。

因知沧海无由浅，才觉书间有路长。

夜起三更吟苦恨，晨挥残梦痛离肠。

清风不解今人意，犹自轻轻话妙章。

606. 七律　为西北工业大学成功发射"飞天一号"作

为赋群英苦熬夜，说来今夜不能眠。
长空惊艳花开月，西北传奇凤落轩。
雁叫青山向沧海，蝉鸣静界告沙滩。
问风昨日潇潇意，一夕诗成几载寒。

607. 七绝　红荷

出泥蘸绿恋人间，好伴青山云水天。
若有蜻蜓无处歇，可将倩影落她肩。

608. 唐多令　仲夏夜风平

仲夏夜风平，心思难说清。
　　六十年、风雨兼程。
历历尘烟犹在眼，又云断、不心惊。

楼上看新城，故人如去莺。
　　此江山、终有光明。
钩月夜来同品酒，道不尽、满天情。

609. 惜红衣　故乡

乱梦惊心，南风唤醒，月高催客。
一枕黄粱，如烟去天碧。
芦滩水巷，送行舟、孤桨无力。
声寂。
晓起鸣蝉，说清流波色。

诗情在陌。
伴酒追香，浓浓更狼藉。
祈同夜半梦侧，向天立。
岁月有尽风外，谁共青山游历。
趁今朝明白，重赋故乡云迹。

610. 七律夜雨

午夜雨狂声渐高，雷鸣惊断梦仙桃。
玉皇有怒多难了，王母无缘岂可邀。
水上荷花愁满面，池边柳影在挥毫。
斜风怎晓今宵我，醉有茫然一地毛。

611. 五律　渔村

渔家白鹭飞，野水柳翩随。
鸡鸭浓荫睡，兰舟半月归。
衰翁嫌酒浊，老妪话桑肥。
一夜清风里，晨光照紫薇。

612. 七律　高温

日蒸昏晓暑当头，凉帽遮颜始出楼。
风静炎炎嫌气短，街长漫漫自心揪。
紫薇无语凭栏放，乱鸟多情到处游。
直上峰巅相与看，唯山澹澹绕清流。

613. 一剪梅　仲夏

仲夏荷花别样娇。
碧叶浓妆，点点轻摇。
盈盈在水舞清波，邀客重回，倩影相招。

曲苑廊深风渐消。
歌里情妙，喜上眉梢。
城头蝉噪怕秋来，今日无凉，且问明朝。

614. 七律　炎晓

炎晓寻诗向故园，荷风拂面在清泉。
枝头还看琳琅满，碧叶依然妩媚涟。
水绕青山任惆怅，歌来音韵好缠绵。
今朝挥汗人无恙，情意丝丝上九天。

615. 行香子　天际乌云

天际乌云。
积雨晨昏。
究何境地终是难分。
怕有相思，随花散，又纷纷。

隔窗听雨，思绪飘落，多情别怨缠身。
庭花阶草，莫笑伤神。
正满地儿风，满地儿雨，满地儿心。

616. 七绝六首

一

惊闻昨夜雨江城，电闪雷鸣震耳声。
水急流街心上颤，车浮遇浪路难行。

二

一空星满夜风清，半盏香茗敬月明。
可笑年华暗流走，露飞霜鬓说亭亭。

三

水碧山清赤日斜，炎来大暑汗流颊。
还看云朵无颜色，天地乾坤本一家。

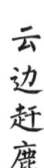

四

山静蝉鸣夏正浓，风来暑色半凌空。
欲将云朵牵江畔，先把碧荷描画中。

五

夏正浓浓丽影娇，野塘荷笑更朝朝。
云开无限天空阔，一夜风吹尽碧霄。

六

秋空明澈聚风华，云落轻妆千万家。
向日重开晴色好，青峰散淡忆红花。

617. 七律　夏安江南二首

一

江南入画晓披纱，锦绣开屏颂有霞。
叠翠山峦眠静水，玲珑云影近渔家。
凉风习习皆蝉曲，清谷悠悠满眼花。
惯看炎凉轻暑色，行来江畔品香茶。

二

清风昂首去何方，云朵徐来窥我窗。
似问江南碧波好，遂知岁月锦天长。
池塘有致荷花盏，林海无由转角廊。
犹看峰颠雁飞过，美人眉眼水汪汪。

618. 祝英台近　想时难

想时难，夤夜雨，思绪暗无数。
盼有相思，好寄风南浦。
柔肠望雁重回，倩人相伴，翠帷处、流莺曾住。

桃花渡，又把前岁归期，念随赠今汝。
惆怅灯昏，寂寞更难语。
是谁带雨轻来，徒留烟处。
恨难懂、风将何去。

619. 暗香　荷塘月色

——和姜夔《暗香·旧时月色》韵

荷塘月色，正清风弄影，翻花吹笛。
想起佳人于此乘舟欲星摘。
相念而今渐老，难忘却、与风同席。
怎怨得、岁自匆匆，只冷月无笔。

长忆，暮声寂。
望海天霓旌，清露初积。
绛霞似泣，红遍万山在中国。
照我心心相印，更记取、一江波碧。
对今宵、心未散，盼能重得。

620. 定风波
——学步苏轼《定风波·咏红梅》韵

想学东坡懒已迟。欲陪笑脸几时宜。
常去荷塘观月色,风雅,惜无巧笔画仙姿。

任性闲人今老态,愁事,风吹日晒少清肌。
酒醉只知无伴在,安咏,空留碧叶与琼枝。

621. 七律　晨园

风颂荷花千万重,隔篱还唱碧云空。
蝉嘶晓日迎天灿,气压清晨留景濛。
芳草无言情在绿,朝霞有意水为红。
连廊小坐听溪去,倚看峰峦翠玉同。

622. 菩萨蛮　满城风静青山媚

满城风静青山媚,云来轻绕峰颠睡。
碧水向东流,波经无数楼。

荷娇犹未老,花问白云好。
荫处可乘凉,更多岁月康。

623. 念奴娇　晨清风杳

晨清风杳，望长空云缈，雁无痕迹。
翠卷苍茫清露色，唯见远山凝碧。
飞阁花楼，人间烟火，尽在潇湘国。
画图锦绣，古今风物历历。

醉我胸胆开张，相逢一笑，陌路风尘客。
四顾娇荷犹未老，并蒂莲开齐翼。
若耶溪边，渔歌声里，残月知今夕。
奔流狂野，清清波涌横笛。

624. 七律　立秋

赤日炎炎何立秋，迎风挥汗使人愁。
倦来无语眠荫处，梦去有痕于角楼。
碧水腾波推浪去，云龙抬眼向天流。
遥看山色依然在，只是光阴白我头。

625. 七律　立秋后

华灯十里风初醒，明月催光照露晶。
玉韵缠枝生梦浅，夜窗摇影待秋宁。
云轻星色还中国，蝉静街廊绕小城。
妩媚山颠向清远，碧荷更问美人情。

626. 高阳台　连日高温

连日高温，暑回大地，韶华暗换千旬。
安得风凉，天空愁绪堆存。
暮时几瓣荷花落，枕清波、香已无闻。
问游人、可否将情，寄与明春。

望山依旧沉思状，唯山颠空落，不染丝云。
难驾飞霞，催秋凉遍乾坤。
无端有梦无风里，此难安、实在劳神。
叹如今、梦也怀秋，梦也揪心。

627. 七律　寄北

炎晓无风苦不堪，奔流汗滴刻难安。
举头四顾秋何在，连日千回暑反弹。
愁向庭幽忧水远，喜观莲动得心宽。
人生总被相思累，却把闲愁写两端。

628. 七律　夜深

夜深风燥酒飘香，灯火煌然入我窗。
睡意阑珊因梦老，夏声嘈杂恨时长。
今宵月隐无踪迹，明日花开有夕阳。
纵有千情寄云海，怎堪人海两茫茫。

629. 金人捧露盘　紫薇

淡红妆，霞彩靓，向苍苍。
仁檐畔、漫说炎凉。
暗随玉露，送千家、情意更馨香。
夜来声悄，月相照、逝梦流江。

看清影，何澹澹；倚绮岭，却煌煌。
逢人笑、菩萨心肠。
善男信女，到此欢、相与挽斜阳。
吾心深处，怎能忘、此种光芒。

630. 七律　处暑

处暑炎蒸八十州，汗颜相对说今秋。
惜无雨润花边满，盼有风吹草底流。
千怨热光盘野岭，万愁日色漫高楼。
光阴虚度唯留梦，总是人生不可酬。

631. 五律　和诗友

暑热时难止，秋风不见人。
朝朝空落寞，夜夜念幽深。

抬眼无飞雁，低头怎省心。
满城声寂寂，唯有汗涔涔。

632. 七律　初凉

凉风初起卷林梢，鸥鹭霞边水上飘。
欲赏人间秋日好，先辞昨热暑天遥。
紫薇还在光阴去，清露应知岁月昭。
啼鸟城头歌未歇，心花开否问渔樵。

633. 七律　初秋雨

云阴惨淡风轻过，雨起潇潇秋渐浓。
金阁檐边花簇簇，青峰江畔水溶溶。
含情心动长相忆，因夏天凉久不逢。
醉眼昏花难自禁，朦胧景色更惺忪。

634. 七律　昆曲小镇

昨夜依稀梦故园，今朝随雨到庭前。
风凉秋入清欢地，云浅人怀美景天。
曲水三分凝翠色，连廊九转入重檐。
紫薇还笑尘间事，闲坐听歌有管弦。

635. 七律　昆城秋

清风十里不粘人，雨后飘飘起芷心。
秋影缠绵邀远客，峰峦缱绻倚高云。
光开山寺幽林近，花照廊庭流水纯。
莫笑凡间了无处，昆岗城里草茵茵。

636. 七律　台风中

凉意三分夜起澜，台风有意寄江南。
依湖廊下无灯火，听雨枕边愁客船。
远影飘摇传鬼哭，孤心忐忑抱裘眠。
伤花零落多幽怨，更咒人间八月天。

637. 七律　中秋近

云头扬起满天星，最念深庭今夜情。
款款风来吹落叶，徐徐云去眷残更。
中秋渐近人眠晚，凉意重临月照明。
凝望长空思久久，山还抱水却盈盈。

638. 醉花阴　中秋夜

朗月疏星凝永夜。

歌舞围金榭。

佳节彩灯明，玉臂纱裙，半透如花蝶。

举杯邀月云遮月。

醉有烟波接。

长笑在人间，恰到中秋，情似天边雪。

639. 七律　中秋节后席上见赠诸友

欲雨云来风满楼，凋残草木正迎秋。
万千旧梦三杯酒，六十华年四处舟。
病树逢春凭借力，衰颜卖笑更多愁。
书生落魄何人伴，自喜新朋入眼眸。

640. 七律　秋朗

乌云天半坠秋空，寰宇今宵谁酒浓。
落魄从来贺人富，舒眉未肯哭身穷。
人生难得有相守，尘世已非曾与同。
命薄当如风折柳，奈何福浅任流东。

641. 国庆重阳八首

一

年年国庆光阴老，岁岁重阳人面红。
开口何谈别家事，羞颜当笑自身穷。
真情假意难分辨，有怨多愁亦共通。
四海云腾向秋日，为霞开尽更玲珑。

二

天高长伴凌云志，风静暗生秋日清。
野岭逶迤腾巨浪，蟠龙磅礴下层城。
心头有喜重阳望，笔底无愁国庆迎。
绕阁明珠还照影，花开落落更亭亭。

三

鹿城云淡到重阳，旧梦依稀心未央。
何事淹留人不去，有情欲了气轩昂。
风华曾寄千村路，鬓雪深藏万里霜。
闻雁纷飞谁可眷，望中岂得两相忘。

四

心系重阳逢国庆，光阴何事去犹宽。
晴川东水风吹皱，暖日西园菊笑欢。
回首轻吟诗一首，凝眸长醉调千般。
卷帘云淡向空阔，有日东方如过年。

五

重阳国庆双双至，黄叶飘零满地秋。
霞锦果来轻胜月，枫花欲染不言愁。
怨无晴色难留客，纵有清风怎解忧。
莫辩天空空几许，为君祈愿上高楼。

六

云霭沉沉雁字开，十年凌乱几徘徊。
满怀情愫终何去，空对重阳总不谐。
昨夜星辰嫌露白，今朝花泪费人猜。
秋霜难下蹒跚月，唯等风时吹自来。

七

露白依然花正央，转头国庆又重阳。
桂枝缀满金光粒，菊苑飘来玉馔香。
云淡高天闻去雁，风吹晴浪舞轻裳。
峰回苍翠千村路，招展红旗在两旁。

八

晓来细雨独依窗，四面青山度夜凉。
落拓荷塘衔远秀，玲珑桂苑聚馨香。
花连佳节知寒暖，心向重阳问短长。
石径横斜犹绕水，我来闲步试秋芳。

642. 七律　国庆

城上风微丽日高，山花艳影与旗飘。
奔腾岁月因辽阔，自在年华说富饶。
淡漠吟诗无兴味，嫣然回首有天朝。
秋光纵是千般媚，何比人间落凤毛。

643. 水调歌头　国庆

清风不肯歇，红日在东方。
碧空去雁天际，霞锦不彷徨。
恁个神州佳节，重忆中秋明月，心绕桂花香。
风落弄云影，月洁拭雕梁。

上高楼，倚朱阁，向晴光。
今朝醉了，应借风月道安康。
世有清秋无际，席有鲈鱼堪脍，此刻再难忘。
唯愿人长久，岁月更汤汤。

644. 七律　岁月

岁月无间指缝流，伤怀鬓雪又逢秋。
满城晴色长篱绕，半挂青山只影愁。
独步江边嗟世味，烹茶座上赏行舟。
不知云过飘何去，思念还乡台上悠。

645. 七律　重阳

冷风吹面叹重阳，菊苑花翻影入窗。
忍看凋零秋忽远，暗愁飘落雨绵长。
攀高但恐身先老，对镜唯惊珠已黄。
垂暮心开何有日，春朝岗上待无凉。

646. 七律　初寒

才过重阳冬意浓，酬怀雁叫碧霄空。
云开日色连琼宇，花淡愁容向冷风。
还忆清明无际绿，怎求寒露有花红。
悲秋寂寞歌弦少，最怕与君难再逢。

647. 古风　秋雨中

秋雨来时花藏心，懒理人间十月尘。
苍天有泪难自禁，孤酒独饮最伤身。
曾经何处待明月，往事难堪酬佳节。
风卷深林白鹭飞，寄远高歌声咽绝。
我欲乘风无有时，唯念江湖别样诗。
香桂落寞余袅袅，随云飘去恨迟迟。
翻书岂得黄金屋，乱走偏遇白云谷。
雨歇还阴愁满天，山冈挺直看青竹。

648. 七律　佳节

昆城烟雨晚风寒，吹落青峰芦苇滩。
倩影无存应去远，红花有记勉留欢。
重回故里何曾忘，暗念乡音几可掸。
佳节尊前谁为舞，重阳雁过且番番。

649. 七律　秋雨

一场冷雨落成秋，菊苑花颜尽带愁。
黄叶颓残惊鸟去，余香浮动倩人留。
惜无水暖安能戏，犹有峰青尚可游。
佳节遭逢冬夏季，情非得意怎回头。

650. 七律　朝日

风吹始见彩云霞，朝日重来暖万家。
感水清清飞白鹭，闻香款款走年华。
才行故里知多味，叹老心中还有花。
菊事何愁秋夜雨，红黄浓淡戴轻纱。

651. 七律　雨晚

秋雨敲窗点点痕，离人别绪落红尘。
清风不伴天空晚，浊酒难安寸草心。
若写新诗能我醉，便吹残笛使君闻。
蓬莱缥缈终为假，情远天涯也有真。

652. 虞美人　暮秋晚

天高月隐秋深了，花事愁多少。
风吹岸上桂香残，晴色还湖更伴夜星寒。

翻飞花蕊容颜老，犹问来人好。
谁持云练舞天空，催醒流星相挽坠情中。

653. 七律　乡愁六首

一

青山叠翠乱云飞，不尽江河几落晖。
暗念乡音人渐老，可怜夜梦雨重归。
亲娘手上千愁线，游子风中百感衣。
每自无言思往事，丰碑犹在更巍巍。

二

水过青山几道湾，流经故里小村前。
阿妈柳下补渔网，阿爸桥边撑谷船。
雁叫湖边光影落，风吹霞底浪花翻。
斜晖无语莺轻唱，纤手匀红万里天。

三

秋风无雨不成愁，秋雨缠绵总患忧。
乡梦时怀犹可遭，乡愁长恨却淹留。
言秋花落潸然泪，惊夜花残暗淡眸。
促织何由相伴久，今宵但恐又啾啾。

四

老街灯暗更初落，酒入愁肠醉又生。
半夜寒流吹月冷，卅年漂泊等天明。
尝依香桂怀新梦，还倚连廊忆旧情。
不恨人间无恋处，年华尽悔付行程。

五

桂生俗世为添香，才有人间此吉祥。
情分留书于雅韵，怀思落笔为芬芳。
临溪吟句惊鸥去，对月弹弦唤鹭翔。
莫笑还乡知己少，迎风自遣任流觞。

六

云阴雁字声声远，风冷花香久久浓。
秋晚粲然斜照暖，愁心依恋夕阳红。
百年孤独征程里，一夜萧疏思绪中。
问酒年华何处去，今宵狂野梦相逢。

654. 忆秦娥

晓寒风。
城头悦鸟啼花红。
啼花红。
年年秋色，别样天空。

竹林还翠山重重，浓妆艳抹人匆匆。
人匆匆。
年来年去，心更从容。

655. 七律　重逢

满目金花香愈浓，一江碧水落秋风。
酒旗舞处情留夜，云雁飞中翅挽空。
轻卷帘帷千万种，暗收城影万千重。
去年今日君来过，心自安闲笑再逢。

656. 七律　昆山亭林园

天任风来卷碧川，山余翠色在云间。
秋云渐老添诗韵，灯盏犹明斗夜寒。
万竹幽园歌隐隐，一庭朗菊影番番。
高朋满座同游乐，心自流连不忍还。

657. 五绝　无题

闲来就晚风，叶落暮秋中。
梦去山河在，惊枫花渐红。

658. 画堂春　向秋行

小园花径向清江，幽思暗锁连廊。
携风带影入轩窗，人道是秋光。

城上绕楼旗帜，城头鸥舞晨凉。
不因客老不飘香，桂树掩雕梁。

659. 七绝　霜降

清风无梦何来夜，冷月含情怎少圆。
霜降又逢天欲雨，寒花此刻可曾眠。

660. 七律　霜降之后

清风此夜露成霜，长醉黄英遍地香。
烟树争天千万喜，云楼绕水万千狂。
应知花苞涵秋颖，且向梅枝借月光。
何必悲哀愁旧怨，别秋枕上有新凉。

661. 七律　暮秋晚

伤怀最是到秋黄，雁叫随风过菊窗。
回味应朝今夜月，祈安何恨此宵霜。
生涯远处长愁晚，浊酒柴门还恋乡。
思念未随枫叶老，犹吟霞海趁斜阳。

662. 七律　秋夜思

长夜风微正晚秋，花眠月下影缠楼。
伶仃不必今宵酒，酩酊何酬往日愁。
有爱千般如浪涌，无声万籁似心收。
云飘独自悠悠在，或向人间诉挽留。

663. 五绝二首

一

雨夜落风秋，更深梦不留。
乡思还似水，寄远在高楼。

二

新月挂中天，风吹到面前。
嫦娥于此住，不敢往嘘寒。

664. 五律　夜

袅袅香飘去，沉沉夜自还。
更深天欲坠，觉醒月依寒。
倦梦难逢笑，念秋重又残。
听风无睡意，伤逝在江南。

665. 五律　残菊

菊开风暗度，花瓣雨中残。
落寞无眠意，伶仃有夜寒。
余香还几许，唯爱更千般。
心愿卿今好，来年花愈繁。

666. 逍遥乐　暮秋吟

城上菊开多彩。
城外山高，远望无边娇态。
独立秋台，看浪飞舟，冲破重重江霭。
有鸥云外。
乐逍遥、锦绣山河，满天风快。
待月映西楼，雁字豪迈。

人盼时光长驻，总思容颜不败。
安知此天意，如去日，怕难再。
风花雪月里，能否赋山如黛。
匆匆，一秋惆怅，于今谁在。

667. 扬州慢　昆山

江左名城，彩云歇处，人家碧水晴楼。
有荷塘百里，桥横，是玲珑春秋。
近魔都、西接姑苏，万木藏秀，海天咽喉。
到黄昏、鸥鹭齐飞，欢绕行舟。

亭台烟雨，算如今、依旧绸缪。
纵逝水年华，风光未老，犹得晴柔。
苇荡雁声长在，清波里、明月沉浮。
更繁花千万连营，烟雨梦难求。

668. 五律　冬近

秋过不留痕，寒衣重上身。
南天花落尽，北国雪飘闻。
霜染眉头冷，冬临脚步频。
愿随明月去，唯恐落风尘。

669. 七律　暮秋晨

晴照霓霞映碧天，山涵秋影任流连。
醒来梦境还依旧，逝去年华偏淡然。
我恋芳心明月夜，君斟美酒野花边。
江南晨色寒光里，吟啸声声落在前。

670. 金人捧露盘　暮秋夜

北风寒，无言到，菊花残。
倚长廊、望月阑珊。

心随暗夜，越千山、叠叠向林泉。
舞停歌歇，但风流、只管惊轩。

繁华地，犹潴潴；清宵梦，更潺潺。
相逢笑、乐在人间。
风楼举酒，趁夜来、豪饮几杯闲。
待天明后，再与君、相挽流连。

671. 七律　送秋

与君曾伴林间路，往日时光何可留。
携手摘来千纸鹤，迎风抖落两眉愁。
聊思故里无言语，回望春心已暮秋。
怕是天寒花影散，从今追忆再难休。

672. 七绝　庆生

北风失意影无踪，跃起晴光胜日同。
我趁云开向天笑，年华自是更玲珑。

673. 五律　立冬

红日立冬来，朝霞如锦裁。
千村情缱绻，万户暖徘徊。

留影无风处，赏花观景台。
心飞到东海，有意向天开。

674. 玉楼春　故里行
——欧阳修格

水巷小桥如画屏，曲苑连廊常梦见。
晴波有意动眉心，空柳无言思旧燕。

荷影阑珊还款款，枫艳娇柔犹漫漫。
冬来何敢立黄昏，总怕良宵嫌夜短。

675. 风入松　云阴

花前等雨有香凝，菊影捧柔情。
阴云分付西东去，一江水、几许波滢。
昨夜风寒馋酒，晓来残梦分明。

故园恍惚放天晴，燕舞坐长亭。
金蜂扑面嗡嗡里，菜花黄、岸柳缠莺。
惆怅鸳鸯水面，今朝依旧双行。

676. 七绝　初雾

晴光难再薄云天，心锁昆城迷雾间。
野岭低垂如恋梦，朦胧还忆旧时欢。

677. 五律　晨雾中

雾掩昆城晓，暖回秋日同。
立冬寒意少，残菊艳情浓。
树静烟难度，风微鸟不逢。
欲吟飞鹭白，先话九天空。

678. 青玉案　潇湘馆

立冬时节天重暖。
雾漫漫、风浅浅。
一夜惺忪杨柳岸。
亭台楼阁，朱门别院，时隐时留半。

朦胧景色同君看。
阆苑仙桃正香软。
若问风光何款款。
粲然华梦，嫣然盛放，在此潇湘馆。

679. 七律　登高

临赏满山枫叶红，行来更可怅西风。
云心还恋当年影，石径犹怀往日踪。

吟菊有茶陪我老，挽霞迎日与君同。
无由最是颂辽阔，知否于今诗意浓。

680. 七律　故园寄梦

寒梦风中别有天，故园夜夜又经年。
功名吹落疏星里，旷野重开冷月边。
云缈空虚何抖擞，天高心远怎流连。
但将烟水留春伴，好与清波共枕眠。

681. 七律　冬安

菊影阑珊杏叶黄，山峰倒挂水中央。
景开缱绻芦滩媚，冬卷苍茫鸥鹭翔。
晴色流光金灿灿，朱门向暖喜洋洋。
云飘缈缈风光秀，爱最深深是故乡。

682. 五律　雨夜

窗外雨声稠，风微如逝秋。
欲飞连夜去，盼有故人留。
落寞香烟淡，玲珑晚阁柔。
抒怀趁杯酒，往事可回眸。

683. 太常引　湖畔

清风无语送晴光，菊影落轩窗。
荡气几回肠。
暖空里、如来凤凰。

雕楼玉砌，小桥流水，姿采更泱泱。
长岸鹭飞翔。
有道是、江南画廊。

684. 定风波　相逢

长叹人间有不平，冷风凄雨路难行。
今夜相逢天冷冷，高兴。
纵然无语也多情。

酩酊街灯摇影乱，心暖。
别时更是怅余生。
昂首挺胸潇洒去，风度。
万家灯火到天明。

685. 七绝　晓雾

小城晓雾戴轻纱，烟水深藏十万家。
懒顾人间少情意，愿将昨梦赋成花。

686. 七律　故里江畔

阳光熙暖璨如金，风静花回疑是春。
一水欲酬清气慨，双眉但敛碧云纷。
吟诗如昔携斜照，观景于今抱寸心。
雾去烟波归浩淼，渔舟江上是乡亲。

687. 七律　初冬暖

山挽霓霞彩画屏，气吞万里亦倾城。
风来云动高天滚，光洒心依满地惊。
残夜寒花应少许，初冬暖日却多情。
挥毫但愿得佳句，喜乐年华如月明。

688. 满庭芳　重回阳澄湖

天度微云，湖怀晴色，画楼轻绕歌闻。
长堤丝柳，缕缕我家门。
多少尘封往事，重回首、于此纷纷。
曾经是，征帆远影，莺与燕难分。

销魂。
归恨少，故园如昨，依旧情深。
酒旗掩重楼，更显温存。

已去经年再遇，襟袖上、空惹乡痕。
留风在，清波吹断，相伴到黄昏。

689. 水龙吟　阳澄湖畔

波光相与飞鸥，水随云影流天际。
晴光楼上，登临远目，江南游子。
苇荡无声，芦花陈迹，岸披霞蔚。
此江山如画，栏杆长倚，人长醉，心长悸。

莫问季鹰归未，趁西风，重来云底。
求诗访友，乘歌饮酒，今朝快意。
何惜流年，时光响箭，风华朝气。
把浓妆淡抹，峥嵘岁月，到湖中酹。

690. 渡江云　阳澄湖冬夜

风翻湖浪急，满天阴影，暮色隐人家。
骤惊冬到也，问已多时，人说但听鸦。
阑珊灯火，黯然夜、故作嫣华。
千万缕、湖边思绪，漫漫似扬沙。

轻嗟。
曾经岁月，气象如斯，苦此般乡下。
人贪眠、星光暗淡，唯梦开花。
今宵又恐西风烈，瞅星稀、懒照蒹葭。
明日晓，还看薄雾轻纱。

691. 一剪梅　雨湖边

冬雨潇潇别样娇。
来探鸳鸯，喜上眉梢。
轻盈体态舞低回，相戏人前，且悦今朝。

天气寒深暖渐消。
湖上时见，鸥鹭轻飘。
洲头独立少行舟，莫问风光，斜插长篙。

692. 贺新郎　故里冬夜雨中

冷雨风声切。
更长宵、鹧鸪未住，似回天雪。
犹忆曾经芳华路，苦笑当年难别。
说去后、风尘湮灭。
湖畔难眠湖上乱，暗空中、心盏长撕裂。
思往事，还如铁。

少年曾记青山悦。
向风前、高歌万里，几时能歇。
难料今宵纷纷雨，怎抵残阳如血。
正夜冷、悲欢层叠。
还看故人今何在，料如我、一夜长思彻。
千里外，待明月。

693. 七律　夜雨楼

檐头雨冷汇江流，烟霭沉沉绕静楼。
夜自幽思连故国，心还飘落在花洲。
念君有记曾经影，听曲无由今日愁。
梦鹊梅枝报春色，声声似说可重游。

694. 烛影摇红　冬夜酒

雨滴随风，入夜来，酒已多、心慵懒。
灯前无伴怅天寒，孤影婆娑眼。

何奈韶华去远，怎回眸、相逢又散。
海棠还笑，燕舞江亭，当时花苑。

695. 蝶恋花　今日晴

晴色风微光暖暖。
病毒添愁，暗暗何千万。
旧日光阴残梦乱。
无言已付天涯远。

天把萧疏留我看。
对尔悲欢，今日还相伴。
落寞寒冬谁遂愿。
心还衰柳长堤岸。

696. 唐多令　大雪时节

大雪上乡楼，晴光满苇洲。
望远山、隐隐难游。
鸥鹭凌空翻未去，曾记否、那年秋。

倩影在心头，卅年如水流。
此番番、怎又添愁。
谁把年华吹落去，终不可、再回眸。

697. 柳梢青　品茶

晓雾轻纱，檐头冰冷，日上旗斜。
巷陌无声，行人稀少，漫说寒花。

烟来时隐人家，长廊里、悠闲品茶。
湖上清波，随风淡去，远走天涯。

698. 风入松　冬雨

冷风冷雨满昆城，趁夜到天明。
孤峰凌乱朦胧影，几多愁、几许柔情。
何处能追残梦，应知旧日林亭。

窗前依旧有香凝，仿佛水盈盈。
桂花落后秋千空，暮云斜、雁去声声。
惆怅今朝惨淡，与君难话啼莺。

699. 阮郎归　冬梦

新怀旧梦似当初。
人间恨酒孤。
晴天犹盼雁行书。
冬来梦更疏。

北风冷，夜难如。
愁肠百转虚。
酒魂纵有也成无。
相思怎可舒。

700. 七律　冬晨

晨光冷彻风中影，何望家山万里遥。
散淡烟花情暖暖，思深北国雪飘飘。

隆冬病毒添新怨，夜梦残更在旧宵。
人隔难逢年月久，心还逐雨却如潮。

701. 七律　往事

昆城晴色如常有，病毒寒风难自无。
文笔峰前人已少，凌烟阁下草犹疏。
凋零枫叶残枝在，冷落梅林只影孤。
君问平安我心暖，重回往事忆当初。

702. 七律　晨遛

阳光催晓暖晴天，薄雾风开转瞬间。
江畔沉思迎候鸟，城头远望别长年。
念君惆怅夜重夜，为客流连山外山。
梅影无踪何抱怨，只将霞蔚说依然。

703. 念奴娇　暮云飘远

暮云飘远，有鸥鹭点点，长空凝碧。
苇荡风缠波冷冷，浸润山河今夕。
枯草孤零，行人稀少，怎怨西风急。
清幽冬日，暗添年末景色。

只恨病毒无情，燎原中国，今我还成客。

对影寒窗风渐静，入梦知难留迹。

便自挥毫，龙飞凤舞，重写当年律。

墨香盈袖，满楼思断声寂。

704. 临江仙　风冷楼台沉睡

风冷楼台沉睡，天高暗换年华。

几时归去故乡家。

看桃花笑脸，听雨燕穿纱。

昨夜醒来如见，春风相叠重裁。

青山绿水两无猜。

小楼明月在，仿佛正云开。

705. 七律　冬雨中

残柳飘摇忆春夜，衰丝凌乱柱波眸。
晨云惨淡重飞雨，鸦树寂寥空傍流。
烟起风光还入眼，情牵魂梦更消愁。
山人不问门前事，任水翩然送晓舟。

706. 七律　滕王阁

烟冷寒清气自雄，滕王高阁立江东。
落霞曾与齐孤鹜，秋色长随唱晚风。
影照千年留韵久，诗成万载鉴兴隆。
云开知有天澄碧，试向晴光借暖融。

707. 七律　酒好

阳光熙暖似临春，疫事徘徊愁煞人。
三载风烟何忘苦，万千磨难更惊心。
还魂渴盼须来日，去病深期重扫尘。
莫待光阴催我老，酒香终可长精神。

708. 七绝　无题五首

一

昨夜无风偏起浪，此番染疫是亲人。
忧心焦虑难安睡，何处清幽可置身。

二

风卷天声入冷窗，今晨零度舞寒光。
碧空懒寄烟霞梦，云影无踪任夜长。

三

欲说人间多苦难，风寒花自更凋零。
星空无语凝眸望，长夜难明月冷清。

四

烧退方知命非贱,还阴才觉自由多。
病中几夕经年事,坠落心花追逝波。

五

天空翘首望新春,年末狂流四野奔。
愿送花容与晴照,好将霞色付亲人。

709. 七律　步韵杜甫《登高》

岁末风寒疫事哀,光阴催老几人回。
无言心雨依霞尽,有致花蕾卷影来。
浊酒难斟伤逝夜,孤程徒笑上高台。
闻声山水情如海,满望春潮重举杯。

710. 七律　元旦

——步韵杜甫《秋兴八首之三》

疫苦纷纷似乱棋,三年拙笔不离悲。
四乡幽怨核酸苦,千水徘徊病毒时。
直面凶顽云缈缈,伤怀往事意迟迟。
相逢不必重相聚,口罩寻常怎忍思。

711. 七律　致敬 2023

晓开薄雾岁匆匆，元旦清欢吹冷风。
一夜无眠何梦里，三年荼毒不言中。
溪边山影随波乱，岭上梅花独自红。
天地空灵寒气在，人间情意总相通。

712. 清平乐　醒来夜半

醒来夜半，隔壁琴声断。
一剪梅香窗外落，仿佛三春风暖。

月光如水临屏，曲飞欲闻难成。
再拾烟花旧境，无奈梦已飘零。

713. 浪淘沙　晨醒意阑珊

晨醒意阑珊，天气还寒。
东方霞涌正潺潺。
一夜风平花放处，情也轻缠。

病愈尽欢颜，大爱人间。
归来依旧是青山。
望遍晴城春到也，须自凭栏。

714. 七律　暖夜

山月高悬欲入春，清风暗唤未眠人。
霜残散淡凝成夜，花自飘零化作尘。
难料闲愁心可醉，安知昨日酒还醇。
更深落寞无言处，惆怅长宵独自珍。

715. 七律　暖天

风清云散碧霄空，吹得花开暖暖红。
欲比青山横剑在，好持佳信报春中。
乡思常有还相伴，愁绪难挥怯再逢。
心不安闲唯恐老，人间欢乐太匆匆。

716. 鹧鸪天　再凭栏

欲暖风还吹面前，野山声乱酒旗翻。
梅花吐蕊香涵韵，冬阁多情曲向天。

人久久，水潺潺。归来未老再凭栏。
无言病毒潇潇过，疫后重生笑枉然。

717. 玉楼春　春来

时盼春来吹冷去，画槛江南还且住。
莫教浓雾结眉心，病毒横行曾记否。

玉柳长堤莺乱语，曲岸清风花蕊吐。
闲愁一点到黄昏，何更良宵频忆汝。

718. 绝句三首

一

风吹舞雪花，何处是人家。
但喜春来早，满城缥缈纱。

二

岁杪咏春花，风光在各家。
情如东海水，福满似金纱。

三

大年在望采购忙，昆曲小镇喜洋洋。
疫情过后亲人在，翻天覆地慨而慷。

719. 七律　雪后晴日

闲茶四望暖晴柔，腊月天蓝疑是秋。
回首年年逢下雪，伤怀片片叠成愁。

昨宵夜半知春意，今日花明送水流。
但看无边风景好，一场雪后在新楼。

720. 苏幕遮　除夕回望

白云飘，晴色满。
春已临城，城上轻烟染。
碧水连波波去远。
一夜风来，花也随风散。

泪清清，情款款。
病毒曾经，为患三年乱。
多少游魂还在眼。
人自无言，默默同君叹。

卷六
癸卯花开

721. 七律　春飘飘

红绡帐暖东风卷，腊后云开梅海春。
先生大作从来美，晚学酸言自去贫。
冷雪时飘思故旧，孤心未肯寄乡亲。
年年此地花间梦，岁岁幽怀向远人。

722. 七律　癸卯立春

春阳意气比从前，抖擞精神似往年。
才上城楼吟翠竹，又翻旧读颂云天。
风光无限描眉眼，诗韵有涯追梦边。
但敢凌峰图一醉，因霞愿与我身缠。

723. 七律　癸卯元夕

元宵佳夕又临城，焰火凌空灿若星。
酒里长留三载怨，心中充满九洲情。
还看山影蟠龙卧，如抱金樽彻夜明。
时有风来追冷月，玉人幽处在吹笙。

724. 七律　春思四首

一

春日情思如雾纱，嫣然一笑掩人家。
缠绵不过回头雨，落寞才多仰面花。
柳绿湖边舞莺燕，风吹岭上起云霞。
人间至美应无再，唯望君心知有涯。

二

冷雨欲来春睡重，抬头又见雾如纱。
曾欢月落风吹影，更恐夜离身远家。
烟水苍茫难有际，长空辽阔自无涯。
君心一片浓浓意，恍若今朝暖暖花。

三

新花枝上谁人泪，风暖方知春已潺。
岁月行来连白鬓，红尘淡去湿青衫。
不将冷色酬身老，何惧孤杯向酒欢。
听雨绵绵隔窗在，眉头还展笑依然。

四

雨趁风来自唱歌，飞扬城上又江河。
宏图未展迎新岁，心愿难成落旧窠。
怀古千年千顿挫，望乡一步一蹉跎。
何将酣睡付春日，却枉花开如此多。

725. 七律　早春行

春雨随心迎面飘，花开入眼向人娇。
千山颜色还盈目，万古江流正涌潮。
赏景欢多吹口哨，提篮小买上虹桥。
抬头喜鸟相逢早，鹊跃殷勤在树梢。

726. 五律　春色

昨夜烟花散，晴光又在晨。
云开天照水，风拂柳依人。
梅影千家院，枝头万朵春。
临轩思往事，依旧十分真。

727. 五绝　雨后天晴

天蓝好品茶，晴色漫无涯。
一顾倾城醉，心头又放花。

728. 清平乐　风来雾去

风来雾去，静静花间路。
多有清欢曾几处，点点赏心重度。

蓝天云淡无端，轻来长绕青山。
谁说相思难寄，依然曲水凭栏。

729. 七律　临春

人言最美是春风，娇艳百花开放中。
闲步长堤多翠色，轻扬丝柳可晴空。
乱莺啼晓歌天底，倩影随光落草丛。
恨不能追云底住，今朝狂野与君同。

730. 七律　昆山春

孤峰独秀娄江畔，望断昆城烟水春。
万木葱茏长向日，满天磅礴久萦心。
云来暖阁争朝气，风落娇花扫暗尘。
妩媚何须待人说，青山绿水画图真。

731. 七律　雨后娄江畔

春溪雨过翠山清，间有黄鹂树上鸣。
空落冷风相伴晓，尝容半月乐随城。
画舟摇荡波痕远，鸥鹭重回草色轻。
斜照幽廊还一顾，美人如故水盈盈。

732. 七律　春日故乡行

梅放栏边独自红，小楼二月又东风。
不陪乡酒无从醉，但信人情有此浓。
老去壮怀安鬓白，兴来借韵赋诗工。
蓬间冷暖知多少，相遇成欢与尔同。

733. 无题三首

一

漫步林荫路，莺飞暖暖天。
春光无限好，正在此江南。

二

春晓光无限，花开富贵城。
一怀诗意在，重向故园莺。

三

风吹晴岸柳轻扬，缓缓溪流向远方。
明媚春朝花好在，情思更比水波长。

734. 七律　北京

数日留京夜漫长，迢迢星汉但凭窗。
光阴飞逝年华去，岁月流连白首扬。

几载幽思怀旧月，一时风物慕新康。
念君难别今宵酒，春自羞羞还在廊。

735. 七律　早春颐和园

春色重来且自歌，一湖清气漾连波。
飞檐卷影长廊角，新蕊回眸美景坡。
独我沉思言窈窕，唯君追问笑蹉跎。
巍峨宫殿今犹在，风物残留又几何。

736. 七律　江南春色

日暮溪边飞白鹭，春晖借影敛波眉。
入心山色长横媚，放眼天空倍觉奇。
树上鸣禽歌婉转，云端归雁对相思。
娇情不过梅开影，自是风中最有姿。

737. 五律　二月春潮

东风折柳腰，细雨起春潮。
梅落无声处，心飘有韵桥。
古城犹窈窕，花海更妖娆。
喜看江南好，玲珑二月刀。

738. 五律　春日

东风倍觉亲，枝上嫩芽新。
鸿日明晴阁，乡村披彩巾。
无边光灿灿，有景水粼粼。
夜半天声静，涵花向月轮。

739. 水龙吟　春雨中

忽来晓雨微寒，雨中花漫还依旧。
朱门斗角，飞檐指路，纤纤谁手。
画舫无言，漾波流水，倩人回首。
正江南春色，呼之欲滴，知人意，天来佑。

闻说鲈鱼延寿。
趁东风，湖边行走。
求人问路，今年何有，能佐杯酒。
暗忖流年，曾多风雨，重来安否。
盼时来运转，红日东升，此歌长奏。

740. 七律　晨游

寒潮带雨入花丛，游苑流连懒理风。
看景朦胧犹意满，有鸥相伴更情浓。

一春消息今晨里，万木新芽昨夜中。
碧水涟漪载思远，翻飞玉蕊自从容。

741. 七律　桃花开

桃花枝上指间柔，落影溪中与水流。
姿色徘徊迎凤蝶，熏风得意画春楼。
唤来胜日晴光好，挥去寒冬满腹愁。
可否留君陪浊酒，今朝同醉不言休。

742. 七律　春兴

花多笑脸争娇媚，陌上游人乘兴来。
耳畔嗡嗡蜂翅响，眼前闪闪水波开。
是春绣色纷堆雪，如酒飘香好遣怀。
心意长相伴明日，随风直向翠帷台。

743. 七律　惜花

花好无言待君看，因心有爱着红妆。
纤纤素手拢新蕊，缈缈轻纱透艳光。
因雨催开暗晴阁，向风起落送幽香。
年年此景时翻复，意酣三春日日长。

744. 七律　惜春

春雨声声情漫天，熙光笼翠暖人间。
风微清气涵花发，树静芳心与影缠。
别苑篱边依野旷，酒旗高处映雕栏。
踏莎乘兴闲观景，诗意浓浓岂可掸。

745. 五律　清明

风卷雨云来，清明日未开。
天空追白鹭，思绪入愁怀。
花落无言泪，莺飞乱草台。
何期归大雁，远望一排排。

746. 七律　琼花吟

暖晴枝上放幽香，玉树琼花栖凤凰。
集韵成诗吟古镇，遣心缠指绕雕梁。
三春缱绻年华去，一念轻柔岁月康。
布谷声中又堆雪，向天仪表更堂堂。

747. 七绝七首

一　雷雨

对酒淋漓听雨声，春山空处任雷惊。
风吹暗淡如天暮，老去芳花还欲明。

二　赏花

春晖一顾起相思，新放花颜不忍辞。
路上行人问何意，笑称偏爱柳丝垂。

三　晨遇

花朝云淡浴风清，暗忆曾经陇上行。
最是光阴快如箭，转头鬓雪却相迎。

四　谷雨后

抱月登楼能几时，风微静夜酒成诗。
星云不伴归鸿影，望尽江南心又驰。

五　庭花

一雨催开满眼花，琳琅锦缎几春家。
风吹影动频频摆，疑是裙边落彩霞。

六　晴色

东方霞起满城金，昨夜星辰已入心。
我与清风愿同醉，杯杯赠与远行人。

七　清晨

夜来幽梦几成真，十里烟堤花又新。
飘落莺声柳丝底，和风相伴是清晨。

748. 一剪梅

一展繁花别样娇，四月天空，重染云梢。
花光微笑待人来，暗唤从前，今又相招。

花影轻摇魂自销，香里时回，往事飘飘。
光阴怎使促花开，任尔流连，且说今朝。

749. 风入松　五一

看花正绕万家楼，绿树掩山丘。
分明秀色春中景，几分醉、几许晴柔。
惆怅何须斟酒，只缘晓也风流。

湖边日日赏飞鸥，岁月自悠悠。
群蜂扑面声声里，忆当年、更愿回眸。
柳浪闻莺又再，连廊深处难休。

750. 七律　雨夕

听雨过楼声细细，凉风漫透渐侵衣。
盼霞来映峰峦浅，忘月曾留枝影稀。
野径难寻初夏路，芳花思伴暮春晖。
赏心最是今宵酒，催我明朝上翠微。

751. 七绝七首

一　初夏夜
暗无星月微风起，等雨飘飘润放花。
恍惚雷中听断雁，随烟散入万千家。

二　立夏
雨溅轩窗花恋春，绿肥红瘦夏依门。
才将柳色还江岸，又报荷圆出水纯。

三　初夏
繁花落尽雨初晴，闲步桥头迎翠行。
丽影妆堤入风景，一吟新夏满华城。

四　午觉
午时一觉胜千金，檐下听风细细吟。
品味人生三万日，应如美酒自堪斟。

五　五月风正好
东西南北万千花，五月缤纷富贵纱。
燕子归时霞正好，清风得意在人家。

六　雷雨
夏雨过城烟满楼，残花落寞失晴柔。
问君多少爱花意，愿否重来插上头。

七　雨

野岭生烟接暗云，风含清气卷香氛。
乱流奔走三千里，雨势沉沉百万军。

752. 七律　母亲节有记

听风听雨几春秋，还步江南看日悠。
翠竹深林驱梦魇，粉墙黛瓦去心愁。
荣枯自伴花开落，悲喜长随月放收。
为子承欢故乡在，慈颜常伴又何求。

753. 七律　参加婚宴有感

新楼直上入云霄，晴色欢吟试涌潮。
爆竹声中红影照，阳澄湖畔美人娇。
相亲今日无穷尽，何怕人生有寂寥。
风月流光花似霰，佳缘牵手更飘飘。

754. 七律　江南晨

昨夜风清今日晴，河边看见水盈盈。
连廊依旧青春梦，故苑还存往昔荣。
隔壁红花浮影散，映空绿叶碧天明。
乡情今有知多少，此地潇潇满一城。

755. 七律　雨夜

良夜潇潇雨过楼，清风徐远落花愁。
人间四月天垂爱，村野九方情入眸。
何忘年来长戚戚，还怜月隐更悠悠。
知无残梦同君好，但付悲欢与水流。

756. 七律　雨夜思

雨奇花落去如潮，潦倒人多向寂寥。
前路还留星漫漫，生涯长伴梦飘飘。
乘风我辈能千里，问讯光阴剩几朝。
黯黯心中无可说，唯期明月在清宵。

757. 七律　渔村大雨中

逍遥日里逍遥雨，万种风情万种柔。
神采煌然盈柳色，波光依旧照心头。
花摇落落向江晚，影动噌噌争上游。
入夏渔村画图里，白墙黑瓦伴行舟。

758. 浣溪沙　雨后

雨后新庭满是苔，殷勤燕子又萦回。
爱聊闲客几时来。

昨日夜莺声寂寂，今朝花事却登台。
为谁凌乱为谁开。

759. 七绝六首

一　思念
一别家园久不逢，思亲最是往来风。
曾经月朗池边柳，点点还留夜色中。

二　夜
夜从日落水边来，霞去湖光一色开。
月上云端催影动，风流天下入情怀。

三　梅雨夜
雨沉檐下水汪汪，天作娇嗔送夜凉。
半夏缠绵难入酒，唯花姿色作绵长。

四　雨中
点滴声中数落花，看纱曼妙掩人家。
惜无豪气挥天戟，斩断情丝未有涯。

五　雨夜思
听夜淋漓点点声，雨来谁忘那清城。
长长灯影风吹乱，花伞曾同路上行。

六　路上
倾城美色雨催开，一夏葱茏入眼来。
欲说清风多妩媚，先将心绪任徘徊。

760. 最高楼　夜归

人渐老，贪酒夜深归。
酩酊有谁知。
池塘乱影荷声闹，风吹枝上淡花稀。
月徘徊，山寂静，夜成诗。

莫怨我、醉中常笑月，莫怨我、梦中常笑佛。
唯趁夜，对花痴。
长亭古道何追问，山盟海誓几多时。
夜风中，云去也，我归迟。

761. 淡黄柳　乡友会

江楼暮色，霞淡连阡陌。
水上流光如旧识。
正是山清草绿，梅雨时来更凝碧。

夏声寂。
今宵又逢席，举醇酒、夜光滴。
众乡邻、酒醉皆非客。
是否年华，酒中犹在？多少重逢此刻。

762. 七律　雨中行

光阴老去总伤神，往事难酬自在心。
抬眼思亲行故里，凝眉向翠怯游人。
画楼载梦依新舫，燕子穿花识旧晨。
久别重来多少雨，翻飞入景了无垠。

763. 七律　夜饮

夜饮无风星暗淡，天高醉意去云端。
青山垂首知人老，白水萦怀向月欢。
欲咏春花梦常有，何期夏日汗能干。
愿将衰朽同君在，不叹余年酒已酸。

764. 五律　暑热

天高添暑色，树静更无风。
日出青山畔，江流万古中。
夏荷娇若水，灵气贯如虹。
我喜长歌在，潇潇往昔同。

765. 七律　旅夜

惊宵有梦叹伶仃，故里依稀路几程。
水绕亭台紫薇近，云缠峰岭薄纱横。
光阴轮转年华去，往事时回冷暖盈。
怕是他乡风雨急，唏嘘等夜到天明。

766. 七律　闲中

劳碌人生终一去，闲中倒是觉惝惶。
红花安伴人长在，冷月难随夜总康。
听曲听琴听有致，看山看水看无常。
黄沙百战身先老，未破楼兰心未央。

767. 杏花天

晓云初上清风浅。
昨夜酒、依稀残半。
峰巅望见孤鸿远，仿佛言犹耳畔。

人别后、重逢难劝。
对美景、良多长叹。
而今赤日常相伴，唯等春花又漫。

768. 鹧鸪天

城上风缠花自倾,竹林狂乱炸雷惊。
舞中杨柳丝丝绿,夏色池塘叶叶青。

烟滚滚,雨盈盈。酒旗不展少人行。
天低何处寻知己,只把相逢梦里迎。

769. 洞仙歌

重修陋室,恰高温多汗。
日日无风自心乱。
有行人,笑语指点高低,声未远,人已繁霜鬓满。

趁今风雨急,窗闭无声,静度光阴水流转。
起坐但如何?盼到中秋,清波淡、月明星汉。
伴菊苑熏风准时来,道不尽人生,恁多心愿。

770. 七律 台风

风来夜半雨成灾,谁自横刀穹顶裁。
世事千年常踯躅,人间六月独徘徊。
愁思天际长河水,难忘蓬间铜雀台。
此地奈何花落去,美人难顾那红腮。

771. 七律　山居

雨过风凉疑是秋，落花已溅半层楼。
客来庭院何其少，云隐人家不必愁。
草径深藏名与酒，竹林长蕴节和谋。
石阶但有生苔藓，定是光阴静静留。

772. 七律　暴雨殇

惊闻北京西南部暴雨成灾，夜不能寐，遂记。

门头沟雨水茫茫，永定河边燕雀藏。
柳岸难寻无处走，车流中断有人亡。
隔空徒号天何在，垂首多愁风正凉。
今夜应知心寂寞，愿酬华发祝君康。

773. 最高楼　归乡路

归乡路，怕是愈难游。
雁字几行秋。
桂枝雨打花零落，残荷香淡夜行舟。
更清宵，何不酒，向芦洲。

不须问、竹林霜似雪，不须问、云边何少月。
眠无意，总成愁。
天涯踏遍魂销处，对天吟诵任东流。
待风来，枫静谧，在丹丘。